btb

In diesem sehr persönlichen Buch erzählt Leïla Slimani von einer ungewöhnlichen Nacht, die sie allein im Museum Museo Punta della Dogana in Venedig verbringt, dem einstigen Zollgebäude der Serenissima. Einem Ort, an dem sich seit jeher Orient und Okzident begegnen und der zum Sinnbild ihrer eigenen Geschichte wird.
Leïla Slimani nimmt uns mit auf eine Reise durch ihr Leben. Sie erzählt von ihrer Familie und ihrer Kindheit in Rabat, vom Alltag in Paris als Mutter und Schriftstellerin, vom Leben zwischen den Kulturen. Von ihrer Aufgabe als Schreibende und gesellschaftspolitisch engagierter Frau – und letztlich von der Kraft der Literatur.

»*Der Duft der Blumen bei Nacht* ist entwaffnend in seiner Aufrichtigkeit, seinem Scharfsinn, ja sogar in seiner Leichtigkeit.«
Frédéric Beigbeder

Leïla Slimani gilt als eine der wichtigsten literarischen Stimmen Frankreichs. Ihre Bücher sind internationale Bestseller. Slimani, 1981 in Rabat geboren, wuchs in Marokko auf und studierte an der Pariser Eliteuniversität Sciences Po. Für den Roman »Dann schlaf auch du« wurde ihr der renommierte Prix Goncourt zuerkannt. Zuletzt erschienen im Luchterhand Literaturverlag die beiden Romane »Das Land der Anderen« und »Schaut, wie wir tanzen«. Beide sind Teil einer Romantrilogie, die auf der Geschichte von Leïla Slimanis eigener Familie beruht.

Leïla Slimani

Der Duft der Blumen bei Nacht

Aus dem Französischen
von Amelie Thoma

btb

Die französische Originalausgabe erschien 2021 unter dem Titel
»Le parfum des fleurs la nuit« bei Éditions Stock, Paris.

MIX
Papier | Fördert gute Waldnutzung
FSC® C014496

Penguin Random House Verlagsgruppe FSC® N001967

1. Auflage
Genehmigte Taschenbuchausgabe Januar 2024
btb Verlag in der Penguin Random House Verlagsgruppe GmbH,
Neumarkter Straße 28, 81673 München

Covergestaltung: semper smile nach einem Entwurf von
buxdesign | Ruth Botzenhardt
Covermotiv: © Audoin Desforges / Pasco & Co
Druck und Einband: GGP Media GmbH, Pößneck
Klü · Herstellung: sc
Printed in Germany
ISBN 978-3-442-77385-5

www.btb-verlag.de
www.facebook.com/penguinbuecher

»Wenn es Einsamkeit gibt, was ich nicht weiß, hätte man wohl das Recht, gelegentlich davon zu träumen wie von einem Paradies.«

Albert Camus

»Wo Kunst ist, wo Talent ist, da gibt es kein Alter, keine Einsamkeit, keine Krankheiten, und selbst der Tod ist halb so schwer.«

Anton Tschechow

Für Jean-Marie Laclavetine,
der mich zur Schriftstellerin erweckt hat

Für meinen Freund Salman Rushdie

Paris. Dezember 2018

Oberste Regel, wenn man einen Roman schreiben möchte, ist, Nein zu sagen. Nein, ich komme nicht mit auf ein Glas. Nein, ich kann nicht meinen kranken Neffen hüten. Nein, ich habe keine Zeit für ein Mittagessen, ein Interview, einen Spaziergang, einen Kinobesuch. Man muss so oft Nein sagen, dass die Anfragen schließlich selten werden, das Telefon nicht mehr klingelt und man irgendwann bedauert, nur noch Werbung im Posteingang zu finden. Nein sagen und als Misanthropin, arrogant, krankhaft ungesellig gelten. Um sich herum eine Mauer aus Absagen errichten, an der alle gesellschaftlichen Verlockungen zerschellen. Das hat mir mein Lektor gesagt, als ich anfing, Romane zu schreiben. Das habe ich in sämtlichen Essays über Literatur gelesen, von Roth bis Stevenson, über Hemingway, der es auf eine simple und triviale Weise zusammenfasste: »Die schlimmsten Feinde eines Schriftstellers sind das Telefon und Besucher.«

Er fügte hinzu, dass die Einsamkeit sich ohnehin von ganz allein einstelle, wenn man erst einmal die Disziplin erworben habe, wenn die Literatur das Zentrum, der Kern, der einzige Horizont eines Lebens geworden sei. »Die Freunde sterben, oder sie verschwinden, vielleicht, weil sie unserer Zurückweisung überdrüssig sind.«

Seit ein paar Monaten zwinge ich mich genau dazu: die Bedingungen für meine Isolation zu schaffen. Morgens, sobald die Kinder in der Schule sind, gehe ich hinauf in mein Büro und verlasse es erst am Abend wieder. Mir wird immer kalt, und im Lauf der Stunden ziehe ich erst einen Pulli über, dann noch einen, um mich schließlich in eine Decke zu wickeln.

Mein Büro misst drei mal vier Meter. An der rechten Wand geht ein Fenster auf einen Hof hinaus, aus dem Restaurantgerüche aufsteigen. Der Geruch nach Putzmittel und Linsen mit Speck. Gegenüber der Tür dient mir ein breites Holzbrett als Arbeitstisch. Die Regale sind voller Geschichtsbücher und Zeitungsausschnitte. An die linke Wand habe ich Post-its in verschiedenen Farben geklebt. Jede Farbe entspricht einem Jahr. Rosa steht für 1953, gelb für 1954, grün für

1955. Auf diese Zettel habe ich den Namen einer Figur, eine Idee, eine Szene geschrieben. Mathilde im Kino. Aïcha in der Quittenplantage. An einem inspirierten Tag habe ich die Chronologie dieses Romans festgelegt, den ich gerade schreibe und der noch keinen Titel hat. Er erzählt die Geschichte einer Familie in der kleinen Stadt Meknès, zwischen 1945 und der Unabhängigkeit des Königreichs Marokko. Ein Stadtplan von 1952 ist auf dem Boden ausgebreitet. Darauf sieht man ganz klar die Grenzen zwischen der arabischen Medina, der jüdischen Mellah und der neuen europäischen Stadt.

Heute ist kein guter Tag. Ich sitze seit Stunden auf diesem Stuhl, und meine Figuren reden nicht mit mir. Nichts stellt sich ein. Weder ein Wort noch ein Bild, noch der Beginn einer Melodie, die mich dazu hinreißt, ein paar Sätze zu Papier zu bringen. Seit heute Morgen habe ich zu viel geraucht, meine Zeit im Internet vertrödelt, einen Mittagsschlaf gemacht, doch nichts ist passiert. Ich habe ein Kapitel geschrieben und anschließend wieder gelöscht. Ich muss an diese Geschichte denken, die mir ein Freund erzählt hat.

Ich weiß nicht, ob sie wahr ist, aber sie hat mir sehr gefallen. Lew Tolstoi soll, während er *Anna Karenina* verfasste, eine schwere Schaffenskrise durchgemacht haben. Wochenlang schrieb er nicht eine Zeile. Beunruhigt über das verspätete Manuskript und das Schweigen des Meisters, der nicht auf seine Briefe antwortete, beschloss sein Verleger, der ihm eine für die damalige Zeit beträchtliche Summe vorgestreckt hatte, den Zug zu nehmen, um ihn zur Rede zu stellen. Bei seiner Ankunft in Jasnaja Poljana empfing ihn Tolstoi und antwortete auf die Frage, wie seine Arbeit voranschreite: »Anna Karenina ist gegangen. Ich warte, dass sie zurückkommt.«

Nichts läge mir ferner, als mich mit dem russischen Genie zu vergleichen oder irgendeinen meiner Romane mit seinen Meisterwerken. Doch dieser Satz verfolgt mich: »Anna Karenina ist gegangen.« Auch ich habe manchmal das Gefühl, dass meine Figuren sich mir entziehen, dass sie weggegangen sind, um ein anderes Leben zu leben, und erst wiederkommen, wenn es ihnen passt. Meine Verzweiflung, mein Flehen, ja sogar meine Liebe zu ihnen sind ihnen vollkommen gleichgültig. Sie sind weg, und ich muss warten, bis sie wiederkommen. Wenn sie da sind, vergehen die Tage wie im Flug. Ich murmele vor mich hin, ich schreibe, so schnell ich kann, weil ich immerzu fürchte, dass meine Hände zu langsam sind für den Fluss meiner Gedanken. Dann habe ich schreckliche Angst, dass irgendetwas meine Konzentration stört, wie bei einem Seiltänzer, der den Fehler begeht, nach unten zu sehen. Wenn sie da sind, kreist mein ganzes Leben um diese Obsession, die Welt dort draußen existiert nicht. Sie ist nur noch eine Kulisse, in der ich mich bewege wie in Trance am Ende eines langen, angenehmen Arbeitstages. Ich lebe hinter der Bühne. Der Rückzug erscheint mir wie eine notwendige Bedingung, damit das Leben eintreten kann. Als ob, indem ich mich vom Lärm der Welt entferne, mich davor schütze, endlich ein anderes Mögliches entsteht. Ein »es war einmal«. In diesen geschlossenen Raum flüchte ich mich, ich entfliehe der menschlichen Komödie, ich tauche unter den dicken Schaum der Dinge. Ich verschließe mich der Welt nicht, im Gegenteil, ich nehme sie intensiver wahr denn je.

Schreiben ist Disziplin. Es ist Verzicht auf Glück, auf die alltäglichen Freuden. Ohne Aussicht auf Heilung oder Trost. Man muss, im Gegenteil, sein Leid kultivieren, wie Laboranten Bakterien in Reagenzgläsern kultivieren. Man muss seine Wunden wieder aufreißen, die Erinnerungen aufwühlen, Schamgefühl und alte Tränen wachrufen. Um zu schreiben, muss man sich den anderen verweigern, ihnen die eigene Gegenwart und Zuneigung verweigern, seine Freunde und Kinder enttäuschen. Ich finde in dieser Disziplin zugleich Befriedigung, sogar Glück, und die Ursache meiner Melancholie. Mein ganzes Leben wird von diversen »ich muss« diktiert. Ich muss schweigen. Ich muss mich konzentrieren. Ich muss sitzen bleiben. Ich muss meine Bedürfnisse unterdrücken. Schreiben heißt, sich Fesseln anlegen, doch aus diesen Fesseln selbst erwächst die Möglichkeit einer ungeheuren, schwindelerregenden Freiheit. Ich erinnere mich an den Moment, als mir dies bewusst wurde. Es war im Dezember 2013, und ich schrieb gerade meinen ersten Roman, *All das zu verlieren*. Zu der Zeit wohnte ich am Boulevard Rochechouart. Ich hatte einen kleinen Jungen und konnte nur schreiben, wenn er in der Kinderkrippe war. Ich saß am Esstisch vor meinem Computer und dachte: »Jetzt kannst du absolut alles sagen, was du willst. Du wohlerzogenes Kind, das gelernt hat, sich zu benehmen, sich zurückzuhalten, du kannst deine Wahrheit aussprechen. Du brauchst es niemandem recht zu machen. Du musst nicht fürchten, irgendjemandem wehzutun. Schreib alles, was du willst.« In diesem grenzenlosen Freiraum fällt die soziale Maske. Man kann eine andere sein, man ist nicht mehr definiert über ein Geschlecht, eine soziale Schicht, eine Religion oder Nationalität. Beim Schreiben entdeckt man die Freiheit, sich selbst zu erfinden und die Welt zu erfinden.

Sicher, unerfreuliche Tage wie heute gibt es viele und manchmal einen nach dem anderen, was zutiefst entmutigend ist. Doch Schriftsteller sind ein bisschen wie Opiumsüchtige, und wie alle Abhängigen vergessen sie die Nebenwirkungen, den Brechreiz, die Entzugserscheinungen, die Einsamkeit und erinnern sich nur an den Rausch. Sie sind zu allem bereit, um diesen Höhepunkt wieder zu erleben, diesen erhabenen Moment, als die Figuren begonnen haben, durch sie zu sprechen, als das Leben sich regte.

Es ist 17 Uhr und bereits Nacht. Ich habe die kleine Lampe nicht angeschaltet, und mein Schreibtisch liegt im Dunkeln. Ich beginne zu glauben, dass in dieser Finsternis etwas eintreten könnte, ein Elan in letzter Minute, eine blitzartige Eingebung. Es kommt vor, dass die Dunkelheit Träumen und Fantasiegebilden erlaubt, sich wie Lianen zu entrollen. Ich klappe meinen Computer auf, ich lese eine Szene wieder, die ich gestern geschrieben habe. Es geht um einen Nachmittag, den meine Figur im Kino verbringt. Was lief 1953 im Cinéma Empire von Meknès? Ich stürze mich in die Recherche. Im Internet finde ich sehr bewegende Archivfotos, die ich sofort meiner Mutter schicke. Ich beginne zu schreiben. Ich erinnere mich daran, was mir meine Großmutter über die kräftige und rabiate marokkanische Platzanweiserin erzählte, die den Zuschauern die Zigaretten aus dem Mund riss. Ich will gerade ein neues Kapitel anfangen, als mein Handywecker klingelt. Ich habe eine Verabredung in einer halben Stunde. Eine Verabredung, zu der ich nicht Nein sagen konnte. Alina, die Lektorin, die mich erwartet, weil sie mir einen Vorschlag machen möchte, ist eine leidenschaftliche Frau, und sie kann sehr überzeugend sein.

Ich überlege, ihr eine feige, verlogene Nachricht zu schicken. Ich könnte meine Kinder als Ausrede benutzen, sagen, ich wäre krank, ich hätte die Bahn verpasst, meine Mutter würde mich brauchen. Doch ich ziehe den Mantel an, stecke den Computer in meine Tasche und verlasse meine Höhle.

In der Métro, die mich zu ihr bringt, mache ich mir Vorwürfe. »Du wirst zu nichts kommen, wenn du dich nicht endlich ganz auf deine Arbeit konzentrierst.« Vor dem Café, wo ich rauchend auf sie warte, schwöre ich mir, Nein zu sagen. Nein zu allem, was sie mir vorschlagen wird, egal, wie interessant das Projekt ist. Zu sagen: »Ich schreibe einen Roman, und ich will nichts anderes tun. Vielleicht später, aber jetzt erst mal nicht.« Ich muss unnachgiebig sein, eine Entschiedenheit vermitteln, gegen die sie machtlos ist.

Wir suchen uns einen Platz auf der Terrasse, trotz der Dezemberkälte. Niemand in Paris scheint es komisch zu finden, dass sich all die Leute mitten im Winter raussetzen, um etwas zu trinken, mit einer Zigarette zwischen den eiskalten Fingern. Ich bestelle ein Glas Wein und denke dabei, dass sich darin meine Schwermut auflösen wird. Lächerliche Schwermut. Wie kann man traurig sein, weil man nicht geschrieben hat? Alina erzählt mir von ihrem Projekt, eine neue Reihe mit dem Titel »Meine Nacht im Museum«. Ich höre ihr kaum zu, so sehr nagen Zweifel und Schuldgefühle an mir. Als mein Glas leer ist, beginne ich zu denken, dass ich vielleicht nie wieder schreiben werde, dass ich keinen Roman mehr beenden werde. Ich fühle mich derart beklommen, dass ich nur mit Mühe schlucken kann. »Würde dir das gefallen«, fragte Alina mich, »eine Nacht im Museum eingeschlossen zu sein?«

Es war nicht das Museum, das mich überzeugte. Und doch hat Alina mir ein mehr als verlockendes Angebot gemacht: in der Punta della Dogana zu schlafen, dem legendären venezianischen Baudenkmal, das man in ein Museum für moderne Kunst verwandelt hat. In Wahrheit lässt mich die Aussicht, inmitten von Kunstwerken zu schlafen, gleichgültig. Ich träume nicht davon, diese Werke ganz für mich allein zu haben. Ich denke nicht, dass ich sie besser sehen kann ohne Menschenmenge, dass sich mir ihre tiefere Bedeutung erschließt, weil wir unter uns sind. Keinen Moment lang habe ich gemeint, ich hätte etwas Interessantes über zeitgenössische Kunst zu sagen. Ich verstehe nicht viel davon. Ich interessiere mich kaum dafür. Nein, das, was mir an Alinas Vorschlag gefallen hat, was mich dazu gebracht hat, ihn anzunehmen, war die Vorstellung, eingeschlossen zu werden. Dass niemand zu mir gelangen kann und das Draußen für mich unerreichbar ist. Allein zu sein an einem Ort, aus dem ich nicht hinausgehen und in den niemand hereinkommen kann. Das ist ohne Zweifel eine Schriftstellerfantasie. Wir alle träumen von Klausur, von Zimmern für uns allein, in denen wir zugleich Gefangene und Kerkermeister sind. In allen Tagebüchern, in allen Briefwechseln von Autorinnen und Autoren, die ich gelesen habe, zeigt sich diese Sehnsucht nach Stille, dieser Traum vom Rückzug, die der Kreativität so förderlich sind. In der Literaturgeschichte gibt es großartige Eremiten, scheue Einzelgänger in Hülle und Fülle. Von Hölderlin bis Emily Brontë, von Petrarca bis Flaubert, von Kafka bis Rilke spinnt sich der Mythos des Schriftstellers, der sich aus der Welt zurückzieht, sich von der Menge entfernt, entschlossen, sein Leben der Literatur zu weihen.

Einer meiner Freunde, ein sehr gefragter Schriftsteller, hat mir gestanden, dass er noch nie so glücklich war wie an dem Tag, als er sich vor Erschöpfung das Bein brach. »Ich habe anderthalb Monate lang meine Wohnung nicht verlassen und nur geschrieben. Niemand konnte es mir verübeln, weil ich die wunderbare Ausrede hatte, vom Fuß bis zur Leiste eingegipst zu sein.« Ich habe oft überlegt, einen Hammer zu nehmen und mir das Schienbein zu zertrümmern. Schreiben ist ein Kampf um Immobilität, um Konzentration. Ein körperliches Ringen, bei dem man unablässig seinen Wunsch, zu leben und glücklich zu sein, bezwingen muss.

Ich würde mich gern aus der Welt zurückziehen. In meinen Roman eintreten, wie man ins Kloster eintritt. Schweigen, Entsagung und völlige Unterwerfung unter meine Arbeit geloben. Ich würde mich gerne ausschließlich den Worten hingeben, das alltägliche Leben ganz und gar vergessen, mich um nichts sorgen als das Schicksal meiner Figuren. Für meine vorigen Romane bin ich in diese Art Klausur gegangen in einem Haus auf dem Land oder in Hotels fremder Städte. Drei oder vier Tage, die ich mich einschloss und irgendwann jedes Zeitgefühl verlor. Um *Dann schlaf auch du* zu beenden, habe ich mich in der Normandie von allem abgeschottet. Eine Woche lang habe ich niemanden gesehen. Ich habe den Klang meiner eigenen Stimme nicht gehört. Ich bin im Pyjama in dem stillen Haus herumgeschlichen, habe mich nicht gewaschen, nicht gekämmt und irgendwann irgendwas gegessen. Ich ging nicht mehr ans Telefon, ließ Briefe und Rechnungen auflaufen, entledigte mich all meiner Pflichten. Ich wachte mitten in der Nacht auf, um eine Passage niederzuschreiben, die mir plötzlich im Traum eingefallen war. In meinem Zimmer herrschte eine entsetzliche Unordnung. Das Bett war übersät mit Büchern, Zetteln, trockenen Briochekrümeln. Sicher lag es an dieser Brioche, dass ich eines Nachts aus dem Schlaf hochgeschreckt bin. Mein Computer stand aufgeklappt neben mir, und als ich das Licht anmachte, sah ich, dass meine Arme, meine Bücher, meine Laken vollständig mit Ameisen bedeckt waren, die wie in einem Alptraum rasend schnell im Kreis herumkrabbelten. Selten in meinem Leben war ich so glücklich.

Sobald ich an diesem Abend nach Hause komme, bereue ich meine Entscheidung. Als ob eine Nacht lang eingeschlossen zu sein meine Kreativitätsprobleme lösen würde. In meiner Bibliothek suche ich alles heraus, was ich über die Dogana da Mar oder Venedig finde. Ich besitze ein paar Reiseführer, die lediglich über billige Restaurants und das Funktionieren der Vaporetti Auskunft geben.

Ich ziehe ein Exemplar von Paul Morands *Venises* aus dem Regal. Ich blättere es irgendwo auf und stolpere über diesen Absatz: »Ich würde entkommen. Ich wusste nicht, wem oder was, aber ich spürte, dass mein Leben nach draußen gerichtet war, zu anderen Orten, zum Licht. [...] Zugleich begann dieser Pendelschlag, der mich nicht mehr verlassen hat, ein ganz sicher pränataler Hang zur Beschränkung, das Glück, in einem engen Zimmer zu leben, im Widerspruch zum Rausch der Wüste, des Meeres, der Steppen. Ich hasste Zäune, Türen; Grenzen und Mauern beleidigten mich.« Genau so ist es auch mir immer ergangen. Schwankend zwischen der Verlockung des Draußen und der Sicherheit des Drinnen, dem Drang, kennenzulernen und gekannt zu werden, und der Versuchung, mich ganz in mich selbst zurückzuziehen. Mein gesamtes Dasein ist zerrissen zwischen dem Wunsch, in Ruhe in meinem Zimmer zu bleiben, und der Lust, mich zu amüsieren, immerzu, Menschen zu begegnen, mich zu vergessen. Ich möchte mich gleichzeitig beherrschen, ruhig verhalten, und mich meinem momentanen Gemütszustand, meinem bisherigen Leben entreißen und durch Bewegung meine Freiheit erobern. Ich lebe in diesem konstanten Zwist mit mir selbst: Angst vor den anderen und Anziehung durch sie, Strenge und Leichtfertigkeit, Schatten und Licht, Demut und Ehrgeiz.

Manchmal sage ich mir, dass wenn ich mit niemandem sprechen würde, wenn ich all meine Gedanken für mich behielte, sie nicht so banal klingen würden, wie sie mir erscheinen, sobald ich sie mit anderen teile. Die Unterhaltung ist der Feind einer Schriftstellerin. Man müsste stumm bleiben, sich in eine tiefe und hartnäckige Stille flüchten. Wenn ich mich zu völligem Schweigen zwänge, könnte ich Metaphern und poetische Höhenflüge kultivieren wie Blumen in einem Gewächshaus. Wenn ich zur Einsiedlerin würde, könnte ich Dinge sehen, auf die das gesellige Leben uns den Blick verstellt, Geräusche hören, die der Alltag und die Stimmen der anderen am Ende stets übertönen. Mir scheint, dass, solange wir in der Gesellschaft leben, sich unsere Geheimnisse verflüchtigen, unsere inneren Schätze ihren Glanz verlieren, wir etwas kaputtmachen, das, wenn wir es geheim gehalten hätten, Stoff für einen Roman hätte liefern können. Das Draußen wirkt auf unsere Gedanken wie die Luft auf die Wandfresken in Fellinis Film *Roma*, die sich in dem Moment auflösen, da sie ans Licht kommen. Als ob zu viel Aufmerksamkeit, zu viel Licht, anstatt zu bewahren, die Zerstörung unserer inneren Nacht bewirkte.

»Ich spiele die eingebildete Kranke, und alle lassen mich in Frieden«, schreibt Virginia Woolf in ihrem Tagebuch. »Niemand verlangt mehr von mir, irgendetwas zu tun. Ich empfinde die sinnlose Genugtuung, mir zu sagen, dass es meine Entscheidung ist, und nicht die der anderen, und es ist ein großer Luxus, inmitten des Chaos ruhig zu bleiben. Sobald ich anfange zu sprechen und meine Gedanken in Unterhaltungen einbringe, packt mich die Migräne, und ich fühle mich wie ein nasser Lappen.« Sich aussetzen, sich unter die anderen mischen, ruft manchmal dieses seltsame Gefühl der Scham, der Erniedrigung hervor. Wenn man schreibt, kann es passieren, dass das Gerede einen belastet, dass es unerträglich ist, Konversation zu treiben. Vielleicht, weil sie alles enthält, was man fürchtet: Klischees, Gemeinplätze, hohle Phrasen, die man sagt, aber nicht wirklich meint. Sprichwörter, stehende Redewendungen können sich in diesen Schreibphasen, in denen man versucht, das Uneindeutige, Verschwommene, die Grautöne zu erfassen, als extrem brutal erweisen.

Als mein Vater sich im Zentrum eines Politik- und Finanzskandals wiederfand, habe ich besonders unter diesen Binsenwahrheiten gelitten. Landläufige Redensarten sind scharf wie kleine Dolche, die man in die Wunden des Lebens bohrt. Die Leute sagten: »Wo Rauch ist, ist auch Feuer.« Nun gibt es aber Feuer, die lange brennen, ohne dass Rauch aufsteigt. Es gibt Flammen, die unbemerkt um sich greifen. Und dann gibt es schwarzen klebrigen Qualm, der alles besudelt, der die Herzen erstickt, der die Freunde und das Glück weit zurückdrängt. Rauch, bei dem man jahrelang nach dem Feuer sucht, von dem er stammt. Manchmal, ohne es je zu finden.

Das, was wir nicht sagen, gehört uns für immer. Schreiben heißt, mit dem Schweigen spielen, auf Umwegen Geheimnisse aussprechen, die im wahren Leben unaussprechlich sind. Die Literatur ist eine Kunst der Zurückhaltung. Man hält sich zurück wie am Beginn einer Liebe, wenn uns banale Sätze in den Sinn kommen, feurige Schwüre, die man sich zwingt, für sich zu behalten, um die Schönheit des Moments nicht zu ruinieren. Die Literatur besteht aus einer Erotik des Schweigens. Was zählt ist, was man nicht sagt. In Wahrheit ist es vielleicht unsere Zeit und nicht mein Beruf einer Schriftstellerin, die mich dazu bringt, Ruhe und Einsamkeit zu ersehnen. Ich frage mich, was Stefan Zweig von dieser Gesellschaft gedacht hätte, die so versessen darauf ist, sich selbst auszustellen und das eigene Leben in Szene zu setzen. Von dieser Epoche, in der man sich mit jeder Äußerung Gewalt und Hass aussetzt, in der der Künstler sich verpflichtet fühlt, mit der öffentlichen Meinung übereinzustimmen. Wo man im Affekt einhundertvierzig Zeichen schreibt. In *Die Welt von gestern* zeichnet er voller Bewunderung ein Porträt des Dichters Rainer Maria Rilke. Er fragt sich, welchen Platz die Zukunft für Dichter wie diesen bereithält, für die die Literatur eine existentielle Berufung bedeutet. Er schreibt: »Aber ist nicht gerade die unsere eine [Zeit], die auch dem Reinsten, dem Abseitigsten keine Stille erlaubt, jene Stille des Wartens und Reifens und Sinnens und Sich-Sammelns.«

Venedig. April 2019

Wenn ich schon nichts über zeitgenössische Kunst zu sagen hatte, was könnte ich dann über Venedig erzählen? Es gibt nichts Furchteinflößenderes für eine Autorin als diese Sujets, über die bereits alles gesagt zu sein scheint. (»Weichen Sie zuerst denjenigen Formen aus, die zu geläufig und gewöhnlich sind: Sie sind die schwersten, denn es gehört eine große, ausgereifte Kraft dazu, Eigenes zu geben, wo sich gute und zum Teil glänzende Überlieferungen in Menge einstellen«, rät Rainer Maria Rilke seinem jungen Dichter.) Ich kann mich nicht damit begnügen, die Schönheit der Stadt zu preisen, meine Gefühle zu beschreiben, Ausdrücke wie »die Serenissima« oder »die Stadt der Dogen« zu gebrauchen. Unmöglich, von dümpelndem Wasser, von Melancholie, von der Ausgelassenheit Goldonis zu sprechen, von der Schönheit, die sich an jeder Straßenecke darbietet. Ich könnte Thomas Mann, Philippe Sollers, Ezra Pound, Jean-Paul Sartre zitieren. Doch das brächte mich nicht viel weiter. Ich könnte ein Plädoyer gegen den Massentourismus schreiben, gegen die Passagierschiffe, die Hunderte Besucher in die Lagune spucken. Ich könnte mich über die Hässlichkeit der Touristinnen und Touristen mokieren, ihre Vulgarität und ihren Herdentrieb. Der Tourist, der sich als solcher zu erkennen gibt, wirkt immer abstoßend. Im Gegensatz zum Dandy, der es darauf anlegt, sich abzuheben, und einen originellen Stil kultiviert, ist der Tourist ein durch und durch plumpes Wesen. Das typische Exemplar dieser Spezies hasst das Bild, das es abgibt, es möchte um keinen Preis mit all den anderen Touristen verwechselt werden. Es möchte vielmehr für das gehalten werden, was es nicht ist, das heißt, für jemanden von hier, jemanden, der sich auskennt, einen Einheimischen. Es möchte sein Staunen verbergen, nicht so wirken, als hätte es die Orientierung verloren oder wäre leichte Beute für Taschendiebe und anderes Gelichter. Der Tourist ist eine rührende Figur. Umso mehr, wenn er versucht, den Stadtführer in seiner Hand zu verstecken, der ihm das »geheime Venedig« »jenseits ausgetretener Pfade« verspricht. In *Le Vain Travail de voir divers pays* (»Das vergebliche Bemühen, verschiedene Länder zu sehen«) macht Valery Larbaud sich freundlich über die Touristen lustig, die an der Oberfläche der Dinge verweilen und denen die Realität der Länder, durch die sie reisen, fremd bleibt. »Gestern, zwei alte Engländerinnen, die Eiscreme bestellen wollten und nur nach Eiswürfeln fragen konnten, und ich meinte, ihnen zu Hilfe kommen zu müssen. ›*They call it gelato.*‹ - ›*Oh: jaylar-tow! Thank you very much.*‹ Und sie bekamen ihr Eis, die reizenden alten Schachteln. Mit dieser Unkenntnis des Italienischen muss die Reise für sie etwas Kinematografisches haben. Ein Filmstreifen, der sich abspult: Landschaften, Straßen, Menschen, ein Leben, an dem sie nicht teilhaben können.«

Am Nachmittag lande ich in Venedig. Das Wassertaxi setzt mich vor dem Hotel Londra Palace ab, nur ein paar Schritte von der Seufzerbrücke entfernt. Es ist 19 Uhr, und in weniger als zwei Stunden werde ich eingeschlossen. Ich durchquere die touristischsten Viertel der Stadt. Ich bahne mir einen Weg zwischen den Gruppen auf dem Markusplatz. Venedig wirkt wie eine Pappkulisse, und ich komme nicht umhin, die Hässlichkeit der Schaufenster, die Tristesse der Restaurants mit unbezahlbaren Menüs zu bemerken. Auf einem Platz beobachte ich einen Mann, der sich gestikulierend an ein holländisches Paar und seine beiden Kinder wendet. Die Touristen ziehen ihre schweren Rollkoffer hinter sich her, und der Mann versucht, ihnen in schlechtem Englisch zu erklären, dass das laut ist und die Bewohner des Viertels stört. Als die Frau schließlich begreift, legt sie sich eine Hand vor den Mund und bedeutet ihrem Mann, die Koffer anzuheben. Der Mann entschuldigt sich, macht aber ein schiefes Gesicht. Er scheint diese Venezianer recht dünnhäutig zu finden.

»Nie hat mich eine Stadt oder eine Landschaft an sich interessiert, in Wirklichkeit interessieren mich immer nur die Menschen. Weder die Uffizien noch die Boboli-Gärten machen für mich Florenz aus, sondern eine englische Frau oder ein toskanischer Schuster in einer der kleinen Gasse an der Via Tornabuoni«, schreibt der ungarische Romancier Sándor Márai in seinen Tagebüchern, und da geht es mir wie ihm.

Ich erinnere mich an eine Reise nach Kyoto vor ein paar Jahren. Im Viertel Gion belästigten Touristen die Geishas und verfolgten sie, um sie zu fotografieren. Später, meine ich, hat die Stadtverwaltung das Fotografieren in diesem Bezirk ganz verboten. In Barcelona gab es vor einigen Tagen zum Teil gewaltsame Proteste gegen Touristen. In allen Hochburgen des weltweiten Tourismus lehnen sich Bürgerkomitees dagegen auf, dass ihr Lebensumfeld vermarktet, ihre Ruhe finanziellen Interessen geopfert wird. In Venedig ist man mehr als irgendwo sonst betroffen von dem, was Patrick Deville »die Entwirklichung der Welt, die Missachtung von Geschichte und Geografie« nennt. Der Tourist ist nur noch ein Konsument wie jeder andere, der Venedig abhaken und von seiner Reise mit einem Selfie-Stick geschossene Selbstporträts nach Hause bringen will, auf denen die Stadt bloß ein dekorativer Hintergrund ist. Wir sind dazu verdammt, im Reich des ewig Gleichen zu leben, in identischen Restaurants zu essen, auf allen Kontinenten dieselben Läden abzuklappern. In dreißig Jahren hat sich die Bevölkerung Venedigs halbiert. Die Wohnungen hier werden an Menschen auf der Durchreise vermietet. Es sind jedes Jahr achtundzwanzig Millionen. Die Venezianer sind wie Ureinwohner in einem Reservat, die letzten Zeugen einer Welt, die dabei ist, vor ihren Augen unterzugehen.

Ich bewege mich inmitten des Gedränges. Ich begreife, dass es mir genügt, hier zu sein, mich von der Gegenwart mitreißen zu lassen. Ich fühle mich glücklich, erstaunlich unbeschwert. Ich existiere nicht mehr inmitten dieser aus der ganzen Welt kommenden Vielzahl. Ich habe den Eindruck, zu verschwinden, mich aufzulösen in der Menge, und das ist ein köstliches Gefühl. In *Le Peintre de la vie moderne* (»Der Maler des modernen Lebens«) beschreibt Baudelaire dieses Gefühl durch die Person Constantin Guys', »einen sehr reiselustigen und kosmopolitischen Maler«. »In der Menge fühlt er sich wie der Fisch im Wasser, wie der Vogel in der Luft. Es ist seine Leidenschaft und sein Beruf, in der Menge aufzugehen. Für den perfekten Flaneur, den begeisterten Beobachter gibt es kein größeres Vergnügen, als in der Vielzahl, im Gewoge, in der Bewegung, im Flüchtigen und Unendlichen sein Domizil zu erwählen. Außer Haus zu sein, und sich doch überall zu Hause zu fühlen; die Welt zu sehen, im Zentrum der Welt zu sein und ihr verborgen zu bleiben.«

Bei einer Indienreise habe ich schon einmal diese geschärfte Wahrnehmung des gegenwärtigen Moments erlebt, dieses da Sein. Ich erinnere mich, dass meine Begleiter mich unablässig nach meinen Eindrücken fragten. Sie wollten wissen, was ich empfand, was ich begriff von der Umgebung, die sich mir darbot. Wie ich die Menschen fand, ob ich schockiert war oder, ganz im Gegenteil, überwältigt von diesem Schauspiel, das sich so sehr von meinem Alltag unterschied. Doch ich sagte nichts. Ich war außerstande, die Armut oder den Schmutz auf den Straßen zu kommentieren, wie sie es von mir erwarteten. Vielleicht hielten sie mein Schweigen für Dummheit oder Desinteresse. An bestimmten Orten, an mit Worten, mit Bedeutungen gesättigten Orten, an denen man sich gedrängt fühlt, dieses oder jenes zu empfinden, ist Schweigen die beste Abwehr. In diesem Gemütszustand durchquere ich Venedig. Eine tiefstehende orange Sonne bringt die Fassaden der Palazzi zum Leuchten. Schweigend laufe ich durch die Stadt, nehme sie einfach nur in mich auf. Um ihre Pracht zu genießen, versuche ich, weder sie auszudrücken noch sie mit meiner Kamera einzufangen.

Ich setze mich auf die Terrasse eines Restaurants. Ich bestelle Sardinen, Kürbis-Pasta, ein paniertes Schnitzel und Venusmuscheln mit Knoblauch und Petersilie. Ich trinke ein Glas Rotwein. Ich würde gerne mit der Frau ins Gespräch kommen, die mich bedient und um deren große traurige Augen violette Schatten liegen. Ich würde ihr gerne sagen, dass ich gleich eingesperrt werde und dass ich ausnahmsweise einmal keine Angst habe. Mir macht das Draußen Angst. Die anderen, ihre Heftigkeit und ihre Unruhe. Ich hatte nie Angst vorm Alleinsein. Und wovor sollte ich auch Angst haben in einem leeren Museum? Vor einem psychopathischen Wärter? Vor Gespenstern? Es wäre ein unverhofftes Glück, wenn sie mir erscheinen wollten. Was für ein Traum für eine Schriftstellerin, sich mit Geistern zu unterhalten. Welch ein Geschenk es wäre, wenn Wiedergänger kämen und mir Dinge ins Ohr flüsterten. Auf dieser Terrasse, wo mir langsam kalt wird, stelle ich mir vor, wie sich heute Nacht meine Verstorbenen zu mir gesellen.

Ich laufe durch enge und dunkle Gassen. Über mir ein mit Sternen übersäter Himmel. In Venedig ist die Nacht undurchdringlich, etwas ganz und gar Ungewöhnliches in der heutigen Zeit, in der alles erleuchtet und gut sichtbar ist, in der der Charme dämmriger Gassen dem Sicherheitsbedürfnis weichen muss. Die großen Städte sind heute ihres nächtlichen Himmels beraubt. Auf einer Restaurantterrasse genießen Paare die laue Aprilnacht. Es ist nicht mehr weit bis zur Dogana. Ich höre nur das Geräusch meiner Schritte auf dem Pflaster und das der kleinen Wellen, die gegen die vertäuten Boote schwappen. Ich bin eine junge Frau, die ins Kloster eintritt.

Ich läute an der Tür des Museums. Ich warte lange, denke, dass man mich vielleicht vergessen hat, dass ich zu spät gekommen bin. Ich will gerade umkehren, als ein Mann mir die Tür öffnet. »Ich bin Leïla. Ich bin die Schriftstellerin, die heute hier übernachten soll.«

Er lacht. Er scheint die Situation etwas unsinnig zu finden. Er bedeutet mir einzutreten, und die schwere Tür schließt sich hinter mir.

Der Wärter führt mich rasch durchs Museum. Er spricht kein Französisch, und ich spreche kein Italienisch, aber wir verstehen uns. Rechts zeigt er mir die Toiletten, links die Cafeteria und den kleinen Laden mit zahlreichen Büchern über Venedig und zeitgenössische Kunst. Er reicht mir eine Broschüre, auf der der Plan des Museums abgebildet ist.

Aus der Vogelperspektive erinnert die Dogana mit ihrem spitzen Bug und den gewaltigen Lagerräumen, die Giuseppe Benoni im 17. Jahrhundert entworfen hat, an einen Eisbrecher. Man könnte meinen, das Gebäude würde jeden Moment übers Wasser gleiten, sich bewegen, zum Schiff werden, zur Karavelle, zum Segler in den Händen einer Mannschaft mit Lust auf Abenteuer. Innen vermengen sich alt und neu. Tadao Andō, der japanische Architekt, der die Renovierung geleitet hat, hat sich für den Erhalt der ursprünglichen Materialien entschieden. Auf den hohen ockerfarbenen Wänden aus Trachyt – dem typischen Stein der venezianischen Straßen – finden sich Salpeterausblühungen. Das Mauerwerk wurde mit der Technik des *»cuci e scuci«* restauriert, die darin besteht, schadhafte Mauersteine einzeln herauszulösen und durch neue zu ersetzen. So mischen sich in diesen Wänden ununterscheidbar Vergangenheit und Gegenwart, Antikes und Modernes, Narben und Jugend. Auch das ursprüngliche Dach wurde restauriert und mit Fenstern versehen, damit natürliches Licht ins Museum gelangt. Über mir sehe ich den imposanten hölzernen Dachstuhl.

Das Ensemble mit seiner Gesamtfläche von fünftausend Quadratmetern vermittelt einen Eindruck von Nüchternheit und Leere. Der Platz im Innern dieses gleichschenkligen Dreiecks mit einhundertfünf Meter Seitenlänge ist in neun jeweils zehn Meter breite Schiffe unterteilt. Die eindrucksvollsten Stücke finden sich im Zentrum, in einem großen quadratischen Raum mit Wänden aus Beton, einem von dem japanischen Architekten besonders geschätzten Material. Ich kann mich mühelos in die Zeit zurückversetzen, in der dieses Gebäude als Zollstation für die vom Meer kommenden Handelsgüter diente. Ich höre das Poltern der Ladungen, die gelöscht werden, die Rufe der Männer, die damit beschäftigt sind, zu wiegen, zu überprüfen, zu verpacken. Ich sehe die Schiffe, riesige Karavellen, hier anlegen, den Bauch voller

Gewürze, kostbarer Stoffe und exotischer Waren. Das Gebäude lebt, angefressen von der Natur, die Ziegel mit Salz überzogen. Hier und da an den Mauern sind weiße Blumen gewachsen. Es ist, als befände ich mich in einem lebenden Organismus. Als wäre ich von einem Wal verschluckt worden.

Der Wärter holt mich aus meinen Träumereien. Er scheint es eilig zu haben, wieder in sein gemütliches Büro zu kommen, und macht mir ein Zeichen, ihm auf der eindrucksvollen Treppe aus Beton zu folgen. Das gläserne Geländer bildet eine Art Korridor, durch den wir die erste Etage erreichen. Sie ist in kleinere Räume unterteilt, die zumeist ein Fenster haben, durch das man das stehende Wasser des Kanals sehen kann. Sie haben mein Bett in einem Raum aufgestellt, in dem Fotografien der Amerikanerin Berenice Abbott hängen. Es ist ein kleines Feldbett, dessen orange Farbe zu den Wänden passt.

Der Wärter wirft mir einen amüsierten Blick zu. »Gut so?«

Ich nicke und sage: »Ja, *grazie, grazie,* vielen Dank.«

»*Buona notte*«, sagt er, ehe er verschwindet.

Ich habe zu viel gegessen und getrunken. Ich habe mich absurd verhalten. Ich habe mich vollgestopft, als hätte ich Angst, Mangel zu leiden. Als ob ich für lange Zeit wegfahren würde. Mir ist übel. Der Wein hat mich schläfrig gemacht. Dieses panierte Schnitzel war wirklich eine schlechte Idee. Ich strecke mich auf dem schmalen, unbequemen Bett aus. Hierauf soll ich also durchschlafen, wie man bei Säuglingen so schön sagt? Ich, die ich befürchtet hatte, kein Auge zuzutun, fühle mich plötzlich völlig zerschlagen. Ich würde zu gern eine Zigarette rauchen. Ich nehme eine aus dem Päckchen, hole ein Feuerzeug aus meiner Tasche und denke ein paar Minuten lang an nichts anderes mehr. In den Hotelzimmern der ganzen Welt ist es unmöglich geworden zu rauchen. Die Fenster lassen sich nicht mehr öffnen. In Asien, den USA habe ich in Zimmern im dreißigsten Stockwerk geschlafen, deren Fenster fein geriffelt sind, damit einem nicht schwindelig wird, wenn man den endlosen Dschungel der vierspurigen Straßen und Wolkenkratzer betrachtet. Man hat von dort aus atemberaubende Aussichten auf rußgeschwärzte Horizonte, aber es ist unmöglich, die Luft von draußen zu atmen. Manchmal, wenn ich auf Reisen bin, versuche ich es mit irgendwelchen Tricks. Ich öffne ein Klappfenster im Bad, stelle mich auf die Toilettenschüssel oder knie mich aufs Fensterbrett. Ich strecke den Arm nach draußen, schürze die Lippen Richtung Spalt, und das, was ein Vergnügen sein sollte, zwar ein lasterhaftes Vergnügen, aber doch ein Vergnügen, erweist sich als akrobatischer Akt, bei dem ich mich furchtbar lächerlich fühle. Einmal, in Zagreb, hat eine Frau mich beobachtet, als ich am Fenster eine Zigarette rauchte. Sie war in einer Wohnung im Erdgeschoss und hat ihren Mann gerufen und dann mit dem Finger auf mich gezeigt. Ihre Kinder kamen noch dazu, und alle starrten mich an, ohne dass ich verstand, warum. Während der drei Tage, die ich in diesem Zimmer verbracht habe, tauchte jedes Mal, wenn ich eine Zigarette rauchte, diese seltsame Familie auf und beobachtete mich argwöhnisch. Ich habe überlegt, eine Erzählung darüber zu schreiben.

Bestimmt habe ich die Idee irgendwo notiert, und eines Tages werde ich mich fragen, was diese Worte in einem Heft bedeuten sollen: »Zigarette am Fenster, seltsame Familie, fantastisch angehauchte Erzählung.«

In einem Museum braucht man erst gar nicht darüber nachzudenken. Kein Fenster hier, das sich öffnen ließe, Rauchmelder überall und vor allem Kameras. Vielleicht beobachtet der Wärter mich gerade aus seinem Kontrollraum auf einem Überwachungsbildschirm. Er muss mich lachhaft finden, wie ich da in meiner Jacke auf dem Feldbett sitze. Ich würde gerne zu ihm gehen, ihn nach seinem Leben als Museumswärter fragen, oder einfach nach seinem Leben. Tatsächlich würde mich viel mehr interessieren, was er von diesen Kunstwerken hält, über die er wachen soll, als was ich davon halte.

Was habe ich mir da nur wieder eingebrockt? Warum habe ich eingewilligt, diesen Text zu schreiben, während ich doch zutiefst davon überzeugt bin, dass das Schreiben einer Notwendigkeit folgen muss, einer persönlichen Obsession, einem inneren Drang. Übrigens weiß ich nie, was ich antworten soll, wenn Journalisten mich fragen, warum ich ein bestimmtes Thema für meinen Roman gewählt habe. Ich denke mir dann etwas aus, eine glaubhafte Lüge. Wenn ich ihnen sagen würde, dass die Themen uns aussuchen und nicht umgekehrt, würden sie mich bestimmt für einen Snob halten oder eine Irre. Die Wahrheit ist, dass die Romane sich uns aufdrängen, uns verschlingen. Sie sind wie ein Tumor, der sich in uns ausbreitet, der die Kontrolle über jede Faser unseres Seins übernimmt und von dem wir nur geheilt werden können, indem wir uns ihm ausliefern. Kann ein Text, der nicht aus uns herauskommt, Schönheit hervorbringen?

»In einem Museum schlafen.« Einer meiner Freunde hat sich über diese Übung lustig gemacht, der ich mich unterziehen werde. Ich halte mich nicht für besonders empfindlich, aber ich reagiere sensibel auf Kritik an meiner Arbeit, an meiner Denkweise, an den Projekten, die ich annehme, und der Art, wie ich sie umsetze. Das weiß dieser Freund, und er hat mich gefragt, wozu das gut sein soll, was ich wohl zu erzählen hätte, und er wirkte zufrieden, als ich anfing, etwas nebulöse Rechtfertigungen zu stammeln. »Das ist eine Art

Performance. Eine existentielle Erfahrung.« Ich habe mir irgendwas ausgedacht, versucht, einer Entscheidung Sinn zu geben, die bereits keinen mehr hatte. »Gibt es wirklich nichts Interessanteres für eine Schriftstellerin, als in einem Museum zu übernachten? Die Autoren wären draußen nützlicher, um von der Welt zu erzählen, um den Menschen, die man nie hört, eine Stimme zu geben. Ganz ehrlich: Ich finde diese Sache mit der Nacht im Museum ziemlich affig.«

Ich frage mich, was ich tun soll. Durch die Gänge spazieren? Mir jedes Kunstwerk ansehen, versuchen, ihm etwas abzugewinnen, etwas zu empfinden? Diese Verpflichtung lähmt mich, sie lässt mich in der Mattigkeit erstarren, die mich überkommen hat, und ich will nur eins, mich hinlegen und träumen. Aber das ist kein Hotelzimmer, sage ich mir. Ich stehe wieder auf, reiße die Augen auf. Rufe mich zur Vernunft. Du wirst dich nicht hinlegen, kaum dass du angekommen bist! Glaubst du etwa, du bist zum Schlafen hier? Du hast etwas zu tun, du musst einen Text schreiben.

Ich bewundere Leute, die sagen: »Ich habe vor nichts Angst.« Ich bin fasziniert von Menschen, die körperlichen oder moralischen Mut beweisen, die keine Konflikte scheuen, die nicht mitten auf der Straße losrennen, weil sie von einer irrationalen Panik erfasst werden. Ich, die ich so furchtsam bin, fühle mich beschützt an diesem Ort, in diesem Heiligtum. Ich liebe es, in der Dunkelheit eines Kinosaals eingeschlossen zu sein. Ich habe keine Angst in Bibliotheken, in Buchläden, in kleinen Stadtteilmuseen, die man weniger wegen der Qualität der Ausstellung betritt, als um sich irgendwo aufzuwärmen. Den Rest der Zeit habe ich Angst. Vielleicht liegt das daran, dass ich von einer besorgten Mutter großgezogen wurde, deren Devise war: »Vorsicht!« Einer Mutter, die überall Risiken sah: hinfallen, sich wehtun, sich den Tod holen oder Triebtäter anlocken. Damals nahm ich es ihr übel, dass sie so ängstlich war. Ich hatte das Gefühl, dass sie mich am Leben hinderte. Und als ich selbst Kinder bekam, bedauerte ich diese Gedanken. Ich begriff, welch schreckliche Angst dich packt und lähmt. Manchmal träume ich davon, meine Kinder unter einer Glasglocke einzuschließen, die sie vor allem beschützt, sie unbesiegbar macht, unerreichbar für Tragödien und Gefahren.

Das Zimmer in Paris, das mir zum Schreiben dient, ist klein und dunkel, eng wie ein Nest. Ich liebe es, mit geschlossener Tür und zugezogenen Vorhängen zu schreiben. Viele befreundete Schriftsteller – vor allem Männer, übrigens – erzählen mir, dass das Schreiben für sie untrennbar mit Laufen oder Gehen verbunden ist. Sie joggen im Wald, auf den Boulevards oder machen Abendspaziergänge. Es ist ein klassisches Motiv der Literatur, von Montaigne bis Murakami über Jean-Jacques Rousseau. Ich bin nicht sicher, ob ich so gehen kann. Ich habe nichts von einer Flaneurin, die mit leichtem Herzen umherschweift, ohne sich um ein mögliches Ziel oder die Menschen, denen sie vielleicht begegnet, zu scheren. Ich habe Angst vor den Männern, die mich verfolgen könnten. Jogger erschrecken mich. Ich drehe mich oft um, wenn ich hinter mir Schritte höre. Ich wage mich nicht in Straßen, die ich nicht kenne. Als ich zum ersten Mal in Paris den Vorortzug nahm, hat der Mann mir gegenüber seinen Hosenstall geöffnet und masturbiert, während er mich anstarrte. Ein anderer hat spät am Abend seinen Fuß in meine Haustür geschoben, und ich verdanke meine Rettung nur einem Nachbarn, der zur gleichen Zeit wie ich nach Hause kam. Lange habe ich davon geträumt, unsichtbar zu sein. Ich dachte mir Listen aus und beneidete Jungs, die diese Ängste nicht kennen. Wenn ich mich zurückziehe, wenn ich die Außenwelt meide, dann vielleicht weniger, um zu schreiben, als wegen meiner schrecklichen Angst. Ich habe mich oft gefragt, wie mein Leben gewesen wäre, wenn ich keine Angst gehabt hätte. Wenn ich eine unerschrockene, mutige Abenteurerin gewesen wäre, die nicht vor Gefahren zurückschreckt. »Unser Geschlecht ist das der Angst«, schreibt Virginie Despentes in *King Kong Theorie*.

In diesem Museum habe ich keine Angst, aber ich fühle mich unwohl, schwerfällig. Mir ist klar, dass ich im Weg bin, dass ich hier nichts zu suchen habe, dass ich die Ruhe von jemandem oder etwas störe. Vielleicht werden die Dinge ja, wie in Kindergeschichten, lebendig, sobald die Nacht anbricht und niemand mehr da ist, der sie beobachtet. Dann strecken und räkeln sich die Kunstwerke, die Geister treten aus den Skulpturen, die sie inspiriert haben, die fiktiven Figuren erwachen zum Leben. Doch ich bin da, lästige Zeugin, unbeholfen, hinderlich, und die große nächtliche Parade kann nicht stattfinden. Ich ziehe meine Schuhe aus, weil mir das Geräusch meiner Absätze auf dem Fußboden unangenehm ist. Ich würde mich am liebsten ganz klein machen.

Barfuß beschließe ich, durch das Museum zu wandeln, wie ein beliebiger Besucher, der zur Kasse gehen, sich ein Ticket kaufen, gewissenhaft die Werke betrachten, die Erklärungstafeln entziffern und versuchen würde zu begreifen, was die Künstler zu sagen haben. Ich verstehe nicht viel von zeitgenössischer Kunst. Anders als die Literatur ist Kunst erst spät in mein Leben getreten. Bei meiner Großmutter hingen die Wände voll alter Schinken von zweifelhaftem Geschmack. Sterbenstrostlose Stillleben, Sträuße in welken Farben und vor allem ein pompöses Porträt meines Großvaters in Spahi-Uniform über dem Kamin. Meine Eltern dagegen interessierten sich für zeitgenössische marokkanische Künstler. Ich erinnere mich an die naiven Figuren der Malerin Chaïbia oder an die Werke von Abbès Saladi, dessen monströse Kreaturen mit Vogel- oder Pferdeköpfen mich in meinen kindlichen Alpträumen heimsuchten. Mein Vater malte selbst auch, und am Ende seines Lebens, als er nicht mehr arbeitete und melancholisch wurde, hat er ein paar sehr schöne Bilder geschaffen. Dunkle, von Gewittern zerrissene Himmel. Vor Kummer niedergedrückte Steinwüsten. Nach dem Gefängnis malte er Menschen mit Taucherhelmköpfen. Ich habe ein Foto von ihm im Atelier eines Freundes, wo er auf dem Boden sitzt. Seine Finger sind voll roter Farbe, er wendet sich dem Objektiv zu und sieht glücklich aus. Aber ich glaube nicht, dass wir jemals miteinander über Kunst geredet haben.

In den 1980er Jahren gab es keine Museen in Rabat. Als Kind habe ich nie eine Ausstellung besucht, und das Kunstmilieu schien mir einer Elite vorbehalten zu sein, die einer anderen Welt angehörte. Zu dieser Zeit betrachtete man Kunst noch aus einem sehr westlichen Blickwinkel, und die marokkanischen Malerinnen und Maler, die meine Eltern liebten, hatten nicht die Sichtbarkeit, die sie in den 2000er Jahren erlangten, als afrikanische Kunst in Mode kam. Von den großen Gemälden, den berühmten Skulpturen hatte ich nur Reproduktionen in meinen Kunstgeschichtsbüchern gesehen oder in Museumsbroschüren, die meine Eltern aus dem Ausland mitgebracht hatten. Ich kannte die Namen von Picasso, van Gogh oder Botticelli, doch ich hatte keine Ahnung, wie es sich anfühlen mochte, ihre Bilder zu bewundern. Während Romane zugängliche, vertraute Objekte waren, die ich bei einem Straßenbuchhändler in der Nähe meines Gymnasiums kaufte und dann in meinem Zimmer verschlang, war die Kunst eine ferne Welt, deren Werke sich hinter den hohen Mauern europäischer Museen versteckten. Meine Bildung kreiste um Literatur und Kino, was vielleicht erklärt, warum ich so früh von Geschichten besessen war.

Die ersten Male, die ich, nachdem ich in Paris angekommen war, in ein Museum gegangen bin, war ich sehr beeindruckt und ein bisschen befangen. Genau wie im Theater, einer weiteren seltenen Erfahrung in Marokko und etwas, das ein wenig Übung braucht, glaube ich, damit man es schätzen kann. Im Museum beobachtete ich die anderen. Wenn sie bei einem Bild verweilten, blieb auch ich lange davor stehen, weil ich annahm, es sei bedeutender als die anderen. Brav las ich alle Erklärungen, versuchte, mir den Titel des Gemäldes zu merken, den Namen der Schule, der der Maler angehörte. Ich fragte mich, ob ich auch eines Tages Sätze sagen könnte wie: »Welch ein Meister der Farben!« oder »Was für eine Beherrschung der Perspektive!« Als ich fünfundzwanzig war, bin ich mit einem Freund, der an der Kunsthochschule studiert hatte, nach Italien gefahren. Er ist mit mir in die Uffizien gegangen, die ich noch nie zuvor besucht hatte, und ich machte vor jedem Gemälde ein andächtiges Gesicht, artig wie bei der Erstkommunion, den Rücken gebeugt vor so viel Schönheit und Talent. Mein Freund hat sich über mich lustig gemacht. Über diese etwas dämliche Ehrfurcht, die völlige Abwesenheit von eigenständigem und kritischem Denken, die ich an den Tag legte. »Tu nicht so unterwürfig«, hat er zu mir gesagt. »Sieh dir das an, was dir gefällt, was dich bewegt.« Seitdem hatte ich das Glück, zahlreiche Museen zu besuchen, und ich habe mich immer bemüht, den Rat meines Freundes zu beherzigen. Ich wäre gern eine hedonistische

Betrachterin, die sich nur von ihrem persönlichen Geschmack und ihren Gefühlen leiten lässt. Aber in Wahrheit ist die Befangenheit nie ganz verschwunden. Museen erscheinen mir weiterhin wie erdrückende Orte, wie der Kunst, der Schönheit, dem Genie geweihte Festungen, in denen ich mich winzig klein fühle. Ich empfinde dort eine Fremdheit, eine Distanz, die ich hinter einer falschen Unbekümmertheit zu verbergen suche. Das Museum bleibt für mich ein Ausdruck westlicher Kultur, ein elitärer Raum, dessen Codes ich noch immer nicht erfasst habe.

Die Broschüre in der Hand, laufe ich weiter durch die Punta della Dogana. Die aktuelle Ausstellung trägt den Titel *Luogo e Segni*, »Ort und Zeichen«. Sie versammelt sechsunddreißig Künstlerinnen und Künstler, deren Werke die Beziehung des Menschen zur Natur erforschen, die Fähigkeit des Künstlers, die Poesie der Welt zu erfassen, das Gedächtnis der Dinge und die Anwesenheit der Geister und der Toten, hier unter uns, zu offenbaren. Die beiden Kuratoren wollten außerdem die Verbindungen zwischen den Künstlerinnen und Künstlern selbst hervorheben, die Art, wie sie miteinander in Berührung kommen, sich gegenseitig inspirieren und mögen. Eine Figur schwebt über allen anderen, es ist die libanesische Malerin und Dichterin Etel Adnan, deren Werke in mehreren Sälen präsentiert werden und deren Gedichte man hören kann, gelesen von Bob Wilson. 1925 in Beirut geboren, studiert Etel Adnan in Harvard, lässt sich dann in Kalifornien nieder.

Ihre ersten Bücher, *Arabische Apokalypse* oder *Sitt Marie Rose,* machen sie zu einer bedeutenden Stimme des Pazifismus und des Kampfes gegen die Kriege im Libanon und in Vietnam. Ich bin vor beinahe zehn Jahren durch ein Zeitungsinterview auf sie aufmerksam geworden. Damals war ich überwältigt von der Weisheit ihrer Aussagen, der Tiefgründigkeit, mit der sie ihre Arbeit einer bildenden Künstlerin und Dichterin beschrieb. Als Erbin der großen arabischen Tradition betrachtet sie Schreiben und Malerei als Schwesterdisziplinen, die einander befruchten. Ihre Bilder, abstrakte Landschaften in grellen Farben, unverfälscht wie Kindheitsvisionen, hatten mich durch ihre intensive Schönheit verzaubert. Sie malte sie mit Blick auf die Hügel vor ihrem Fenster in Kalifornien. Oder sie rief eine versunkene Erinnerung wach, eine Kindheit in Griechenland, im Libanon, und versuchte, ihrer verstorbenen Mutter, geliebten Menschen wieder Leben einzuhauchen. Beeindruckt hat mich auch, was sie über Identität sagte. Wie ich, ist sie in einem arabischen Land aufgewachsen, in einer frankofonen Familie. Dann wurde sie in Amerika zur Immigrantin. Ihr ganzes Leben hat sie im Land der anderen gelebt.

Über die arabische Sprache, die ihr zugleich vertraut und so unnahbar fremd war, sagte sie: »Ich fand mich vor der Tür zu dieser Sprache wieder. Ganz gleich, ob ich sie auf der Straße spreche, ich wäre unfähig, in ihr ein Gedicht zu verfassen. Daher habe ich sie zum Mythos erhoben oder zu einer Art verlorenem Paradies, wenn Sie so wollen.«

An der Wand mir gegenüber bemerke ich eine Reihe dunkler Tafeln. Ich lese, dass man für diese »Fotogramme« lichtempfindliches Papier dem Mondschein ausgesetzt hat. Ich nähere mich, betrachte sie lange und sehe nichts als große dunkle Tafeln. Etwas weiter hat ein Künstler ein Stück mondlose Nacht in einen Marmorblock eingeschlossen. Auf dem Boden liegt ein weißer Ballon. Ein simpler, gewöhnlicher Luftballon, wie die, die ich für die Geburtstagsfeiern meiner Kinder aufblase und dann zum Spaß mit einer Nadel platzen lasse. Der Ballon enthält den Atem zweier Künstler und ist zweifellos als Metapher für die Liebe und das Vergehen der Zeit zu verstehen. Doch ich sehe nur einen Steinbrocken und einen Gummiballon. Ich erkenne nichts hinter der Trivialität des Objektes und verüble es mir ein wenig. Ich bin sicher dumm. Oder es ist das panierte Schnitzel, das mir im Magen liegt und mich daran hindert, die geringste gedankliche Anstrengung zu unternehmen. In einem der Säle ist der Boden mit einer Art Glitzerpuder bedeckt. Würde es jemand merken, wenn ich mich bücken und hineinpusten würde? Ich stelle mir vor, dass ich diesen Raum mit meinem Sohn betrete, der ganz bestimmt seinen Fußabdruck in dem schillernden Sand würde hinterlassen wollen.

Ich werde diesen Künstlerinnen und Künstlern keinen Scheinprozess wegen Betrugs oder Hochstapelei machen. Ich will nicht behaupten, darüber irgendein relevantes Urteil fällen zu können. Obendrein wäre ich nicht die Erste, die sich auf dieses Glatteis wagt. Was wäre banaler, als sogenannte Konzeptkunst anzugreifen? Es mag dumm sein, es mag damit zu tun haben, dass ich Schriftstellerin bin und dass jedes Buch gleichbedeutend ist mit einem Kampf, mit einem langen Zeitraum, einem Hinauswachsen über sich selbst, aber die Einfachheit gewisser Werke macht mich ratlos.

Marcel Duchamp sagte, der Anschauende mache

das Kunstwerk. Ihm zufolge ist nicht das Kunstwerk schlecht oder uninteressant. Es ist der Anschauende, der es nicht anzuschauen weiß. »Unter Betrachter verstehe ich nicht nur den Zeitgenossen, sondern ich verstehe darunter die ganze Nachwelt und alle ›Anschauer‹ von Kunstwerken, die durch ihr Votum entscheiden, ob eine Sache bleiben soll oder überleben soll, weil sie eine tiefere Bedeutung hat, die der Künstler erzeugt hat, ohne es zu wissen. [...] Der Künstler möchte gern glauben, dass ihm völlig bewusst ist, was er tut, warum er es tut, wie er es tut und welcher Wert seinem Werk innewohnt. Daran glaube ich überhaupt nicht. Ich glaube aufrichtig, dass das Bild ebenso sehr vom ›Anschauer‹ gemacht wird wie vom Künstler«, zitiert ihn Pierre Michaud in *L'Art à l'état gazeuse* (»Die Kunst in gasförmigem Zustand«). Was zählt, ist also nicht das Objekt, sondern wie es wahrgenommen wird. Durch die Magie des Blickes, die Interaktivität wird ein Objekt erst zum Kunstwerk. Na gut. Doch genau weil Kunst überall sein kann, in einem Urinal oder einem Tortenheber, wachen die zeitgenössischen Künstler und die Welt, die um sie kreist, so eifersüchtig über ihre Arbeit. Dieses Inseldasein schützt sie vor der offensichtlichen Gefahr der Verwässerung, sprich Lächerlichkeit. Je weniger ein Objekt an sich das Ergebnis einer besonderen Technik oder eines komplexen Arbeitsvorgangs ist, desto mehr braucht es diesen Zirkel der »Wissenden«, die rechtsgültig erklären: Ja, das ist Kunst. Und wenn ich eines Tages zu diesem kleinen Kreis zugelassen würde, wenn ich selbst eingeweiht wäre, würde ich am Ende vielleicht auch sagen: »Nein, das ist kein simpler Ballon, Dummkopf. Das ist Kunst!«

Ich setze mich auf eine steinerne Bank neben dem Eingang des Museums. Ich betrachte diese riesigen, kalten Räume, und Traurigkeit überkommt mich. Ich fühle mich wie auf einem Fest, wo ich nichts zu suchen habe und mich niemand kennt. Einen Moment lang bin ich derart niedergeschlagen, dass ich überlege, die Treppe hochzurennen und mich auf mein Feldbett zu legen. Ich würde mich in meinem Schlafsack vergraben, würde die Stunden der Nacht nicht vorbeiziehen sehen, und meine Beklemmung könnte sich im Traum auflösen.

Doch ich stehe auf und durchquere einen Saal, in dessen Mitte ein langer Vorhang aus roten Plastikkugeln hängt. Wie Blut, das von der Decke zu Boden rinnt. Ich gehe durch ihn hindurch und wieder zurück. Die Kugeln klingen wie Glöckchen, wenn man sie bewegt. So einen Vorhang gab es an dem Laden, wo meine kleine Schwester und ich mit Schokolade gefüllte Karamellbonbons kauften. Ich strecke die Arme aus, wickle mich in die langen roten Schnüre, die mein Gesicht streicheln und sich in meinen Haaren verfangen. Ich bräuchte nur an einem der Fäden zu ziehen, und er würde in meinen Fingern zerreißen. Dann würde ich die Kugeln auf die Erde prasseln hören, wie wenn eine Kette kaputtgeht und die Perlen sich über den ganzen Boden verteilen. Wie lange würde es dauern, bis der Wärter angerannt käme? Er wüsste sicher nicht, was tun, mitten in der Nacht, mit einer Schriftstellerin, die er in flagranti beim Vandalismus erwischt hat.

Der Vorhang ist ein Werk von Félix González-Torres, der 1996 an AIDS gestorben ist. Ich trete ein Stück zurück und beobachte den großen Saal durch das rote Schimmern. Ich sehe, wie sich die warme Flüssigkeit ausbreitet und die Krankheit in mein Leben eindringt, ohne dass ich irgendetwas tun könnte. Seit jeher bin ich besessen von diesem Körper, den ich trage wie eine Bürde. Diesem Körper, der mich einschränkt, mich verwundbar macht, diesem Körper, der, so scheint mir, heimlich etwas gegen mich im Schilde führt. Vielleicht ist auch mein Blut verdorben. Ich habe keine Ahnung, und dennoch, in mir bahnt sich zweifellos eine Katastrophe an, gegen die ich machtlos bin. Ich denke: Mein Körper wird mich umbringen, und lache vor mich hin in diesem Saal, der so leer ist, dass ich mein Echo höre. Es ist seltsam, aber ich sehe Adèle vor mir, die Heldin meines ersten Romans. Adèle, die es liebt, wenn man sie misshandelt, wenn man ihren Körper an seine Grenzen bringt, sie schlägt, damit sie endlich etwas empfindet. Sie nimmt die Welt durch einen Vorhang aus Blut wahr, doch niemand teilt ihren Blick. Ganz jung habe ich schon das empfunden, was Kundera »die Monotonie des körperlichen Daseins« nennt. Die Trostlosigkeit unserer Organfunktionen, die Hässlichkeit nackten Fleisches, die Ohnmacht, zu der uns Krankheit verdammt, all das hat nie aufgehört, mich umzutreiben, und nimmt einen zentralen Platz in meiner Arbeit ein.

Ich habe keine Angst vor dem Tod. Der Tod ist nur eine endgültige, vollkommene, absolute Einsamkeit. Er ist das Ende von Konflikten und Missverständnissen. Er ist auch die Rückkehr zur Wahrheit der Dinge, zur Mittellosigkeit. Was ich dagegen fürchte, ist der Widerstand des Körpers. Der Verfall. Der Schmerz, der uns zerfrisst. Alt und krank und der endlosen Streitereien mit seiner Frau müde, floh Tolstoi aus seinem berühmten Haus in Jasnaja Poljana, mit dem sein gesamtes Werk verknüpft ist. Er brach zu einem unbekannten Ziel auf und starb im Zimmer des Bahnhofsvorstehers von Astapowo. Der Familie wurde seine sterbliche Hülle in einer Holzkiste überstellt, auf die man die schlichten Worte geschrieben hatte: »Inhalt: Leichnam.«

An den Wänden dieses Raums sind Metallstangen angebracht, ein Werk von Roni Horn, auf denen Gedichte von Emily Dickinson zu lesen sind, die man die »Einsiedlerin von Amherst« nannte, weil sie jahrelang in extremer Zurückgezogenheit lebte, sich weigerte, unter Leute zu gehen und ihre Werke zu veröffentlichen.

Und ich träumte davon, eingesperrt zu sein. Nur noch dort, auf diesen paar Quadratmetern, zu leben, in den Büchern, den Worten, dem Duft meiner Träume. Meinen Rhythmus selbst zu bestimmen. Entschieden frei zu sein.

They shut me up in Prose
As when a little Girl

They put me in the Closet
Because they liked me still

Sie sperren mich ein, damit ich still bin, schreibt Emily Dickinson.

So gefalle ich ihnen: ruhig, still, vorhersehbar.

Roni Horn war eine Freundin von Félix González-Torres, und Ziel der Ausstellung ist es auch, diese Künstlerfreundschaften zu inszenieren. Gemeinsam besuchten sie Museen, gingen Nachmittage lang spazieren. Im »Kubus«, dem von Tadao Andō erdachten monumentalen Betonraum, sind große gläserne Blöcke ausgestellt, ein Werk von Roni Horn mit dem Titel *Well and Truly*. Diese flachen Zylinder sehen aus wie riesige Minzbonbons, wie von Menschenhand geformte Eisschollen. Wie strömendes Wasser, das ein Magier erstarren ließ. Inzwischen ist es draußen ganz dunkel. Und die Blöcke werden nur noch von künstlichem Licht erhellt, das ihnen eine irreale Aura verleiht. Je nachdem, ob man sich vorbeugt oder aufrichtet, glänzen die polierten Oberflächen lila oder bläulich. Wenn ich sie berühren würde, könnten sie wieder flüssig werden, meine Hand würde darin versinken, eine Pfütze würde auf dem Boden entstehen, und ich könnte darin baden. Sie verkörpern auf verstörende und melancholische Weise diesen Wunschtraum, das Ungreifbare einzufangen. Zum Illusionisten zu werden. Wasser, Schnee, Wind lassen sich nicht mit Händen fassen. Sosehr man sie festhalten möchte, sie widersetzen sich unserem Willen, sie einzusperren. Das ähnelt sehr der Erfahrung, die Schriftsteller oder Schriftstellerinnen machen, wenn sie einen Roman beginnen. Indem ihre Arbeit fortschreitet, wird eine Welt erschaffen, doch das Wesentliche bleibt unerreichbar, als würde man beim Schreiben jedes Mal zugleich auf das verzichten, was man schreiben wollte. Schreiben ist die Erfahrung eines ständigen Scheiterns, einer unüberwindlichen Frustration, einer Unmöglichkeit. Und dennoch macht man weiter. Und man schreibt. »Nicht den Mut verlieren, obwohl man von vornherein weiß, dass man unterliegen wird, und sich dem Kampf stellen: Das ist Literatur«, sagte der chilenische Autor Roberto Bolaño. Man fragt mich oft, was Literatur bewirken kann. Das ist, als würde man einen Arzt fragen, was Medizin bewirken kann. Je weiter man kommt, desto mehr ermisst man unsere Ohnmacht. Diese Ohnmacht quält uns, frisst uns auf. Man schreibt blind, ohne zu verstehen und ohne dass irgendwas erklärbar wäre.

Im Zentrum des Museums ragen große schwarze Monolithe auf, die von innen beleuchtet sind. Durch die getönten Scheiben dieser gigantischen Terrarien erkennt man die Zweige und Blätter des Nachtjasmins, des *galant de nuit,* den man auch *mesk el arabi* (arabischer Moschus) nennt. Ich wandele zwischen diesen Terrarien umher wie durch einen gläsernen Wald, in dem die Natur gefangen ist. Ich kenne diesen Strauch gut. In Marokko kommt er häufig vor und wird von Dichtern und allen Liebenden besungen. Seine Besonderheit ist, dass er den stärksten Duft des Pflanzenreichs verströmt und dass sich, wie beim Stechapfel, einem weiteren Gewächs, das mich als Kind fasziniert hat, seine Blüten nur nachts öffnen. Ich denke, dass die Natur auf verrückte Ideen kommt. Die Blüten erscheinen erst, wenn es dunkel ist, als wolle der Baum seine Schönheit bewahren, sie geheim halten, sie nicht den Blicken preisgeben, so wie auch ich davon träume, mich der Welt zu entziehen. Sein Duft ist den nächtlichen Stunden vorbehalten. Ist das seine Art, sich mit den Nachtinsekten auszutauschen? Oder ist es, weil Düfte ihre Intensität und Tiefe im Dunkeln besser entfalten? Hicham Berrada, der diese Installation entworfen hat, hat beschlossen, den Rhythmus der Pflanze umzukehren. Tagsüber bleibt das Terrarium undurchsichtig, der Jasmin ist in Finsternis getaucht, doch sein Wohlgeruch erfüllt das Museum. Nachts dagegen schafft die Beleuchtung mit Natriumdampflampen die Bedingungen eines sonnigen Tages. Alles ist verdreht, durcheinander, der Künstler hat wieder Demiurg gespielt, Zauberlehrling, Illusionist. Ich denke an das, was Tschechow über die großen Schriftsteller gesagt hat. Das sind die, die es mitten im Sommer schneien lassen und die Flocken so gut beschreiben, dass einem plötzlich kalt wird und man zittert.

In Rabat gab es einen Nachtjasmin neben der Tür zu meinem Haus. Im Sommer, wenn es Abend wurde, ließen wir das Fenster offen, um einen frischen Luftzug zu erzeugen, und mein Vater sagte: »Riecht ihr das? Das ist der Kavalier der Nacht!«

Es begeisterte ihn jedes Jahr aufs Neue. Ich brauche nur die Lider zu schließen, um mich an diesen betäubenden und süßen Duft zu erinnern. Tränen steigen mir in die Augen. Da sind sie, meine Gespenster. Da ist er, der verlorene, versunkene Duft des Landes meiner Kindheit.

Ich heiße Nacht. Das ist die Bedeutung meines Vornamens, Leïla, auf Arabisch. Doch ich bezweifle, dass das genügt, um die Anziehung zu erklären, die das nächtliche Leben schon sehr früh auf mich ausgeübt hat. Tagsüber verhielt sich jeder so, wie man es von ihm erwartete. Man wollte den Schein wahren, sich von seiner tugendhaften, angepassten, schicklichen Seite zeigen. In meinen Kinderaugen waren die Tagesstunden den gewöhnlichen und monotonen Tätigkeiten zugedacht. Sie waren das Territorium der Pflichten und der Langeweile. Dann kam die Nacht. Man schickte uns ins Bett, und ich hegte den Verdacht, dass, während wir schliefen, andere Akteure die Bühne betraten. Die Menschen redeten anders, die Frauen waren schön, sie hatten ihre Haare hochgesteckt, zeigten ihre schimmernde und duftende Haut. Sie erschienen mir zerbrechlich, wenn sie zu viel tranken, wenn sie lachten, doch sie strahlten zugleich auch eine unbeugsame Kraft aus. Diese Metamorphosen erstaunten mich. Und als ich alt genug war, um auszugehen, oder sogar noch etwas früher, ergriff eine Art Raserei von mir Besitz. Ein Drängen, ein Hunger, die mich zwangen, mich selbst in die Nacht hinauszuwagen. Ich wollte kein braves kleines Mädchen sein.

Der Nachtjasmin ist der Duft meiner Lügen, meiner Jugendlieben, heimlich gerauchter Zigaretten und verbotener Feste. Er ist das Aroma der Freiheit. Der Strauch stand da, neben der eisernen Tür, die ich so leise wie möglich aufdrückte, um meine Freunde zu treffen. Ich verließ das Haus in der Nacht und kam bei Tagesanbruch zurück, wo mich derselbe Duft empfing. Intensiv in der Dunkelheit, verblassend im Morgengrauen. Als Jugendliche entdeckte ich die Kneipen, Bars, Diskotheken, die Feste in Strandhütten, die dunklen und leeren Straßen meiner schlaftrunkenen Hauptstadt. Zu einer bestimmten Zeit am Abend gingen die anständigen Mädchen nach Hause, und die anderen betraten die Bühne. Damals faszinierten, verwirrten und verstörten mich die Prostituierten. In einem Nachtlokal in der Nähe von Mohammedia saßen dicke, lüsterne Männer vor einer Bühne, auf der Frauen mit schlaffen Schenkeln tanzten. Die Männer zogen sie auf ihre Knie, reichten ihnen ein Glas schlechten Whisky und küssten sie auf den Hals. Ich erinnere mich an eine Frau, die sich vor mir in der Toilette einer Bar in Tanger auszog und über die Gemeinheit und Dummheit der Kunden lachte.

Ich war berauscht von meiner Freiheit, und zugleich hatte ich Angst. Ich sagte mir, ich würde dafür bestraft werden, dass ich nicht bleiben konnte, wo ich hingehörte. Und ich wäre selbst schuld, wenn mir etwas zustieße. Nachts, wenn sich die Jungs auf der Autobahn zwischen Rabat und Casablanca zum Spaß Rennen auf der Gegenspur lieferten, dachte ich: »Du darfst nicht sterben, das würde Mama umbringen.« Doch wie Blanche in *Endstation Sehnsucht* konnte ich mich oft auf das Wohlwollen von Fremden verlassen. Eines Abends erwartete ich Freunde in einer Kneipe in Casablanca und war das einzige Mädchen. Der Barkeeper sagte mir, ich solle mich immer an den Tresen setzen, so nah wie möglich am Barmann. »Der Trick«, vertraute er mir an, »ist, dein eigenes Feuerzeug zu haben. Sobald du einen Mann um Feuer bittest, denkt er, du wolltest ins Gespräch kommen und er hätte das Recht, dich anzubaggern. Den wirst du nicht mehr los. Also, wenn du rauchst, hab immer ein Feuerzeug dabei.«

Diese Welt ist verschwunden. Und ich möchte nicht an ihr rühren. Sie wird vielleicht zu einem Roman werden, denn nur die Literatur könnte jene versunkenen Existenzen zu neuem Leben erwecken. Es ist zwanzig Jahre her, dass ich mein Land verlassen habe, und mich erfüllt eine Art Melancholie, ich habe das Gefühl, mich für immer von den Empfindungen meiner Kindheit entfernt zu haben.

»Ich schäme mich nicht, so zu sein, wie ich bin, ich kann nicht anders sein, als ich immer war, bis ich achtzehn war, kannte ich nur anständige Wohnungen anständiger Bürger und Lernen und nochmals Lernen, das wirkliche Leben lag hinter sieben Wänden«, sagt Helena, die Heldin in Milan Kunderas *Der Scherz*.

Ich wuchs auf wie ein Heimtier. Ich habe nie irgendwelchen Sport gemacht. Ich kann nicht Radfahren und habe keinen Führerschein. Als Kind verbrachte ich die meiste Zeit im Haus. Ich lernte. Rabat bot kaum Abwechslung, und meine Schwestern und ich vertrieben uns die Zeit mit Lesen und Filmeschauen. Nicht nur die Nacht war verbotenes Terrain, auch das Draußen. Mädchen hatten nichts zu suchen auf Straßen, Plätzen und in den Cafés, deren Terrassen, das weiß ich noch, ausschließlich von Männern besetzt waren. Ein Mädchen, das sich in der Stadt bewegte, musste von A nach B unterwegs sein. Sonst war sie ein

Flittchen, ein Luder, ein gefallenes Mädchen. Gefahren gab es viele: schwanger werden, sich verlieben, wegen zu viel Schwärmerei in der Schule abrutschen. Man schilderte mir eine Reihe von Abstürzen, einer schwindelerregender als der andere. Die Mädchen waren Eva für immer.

In meiner Jugend begannen die Fluchtfantasien, die Sehnsucht nach ziellosem Herumstromern, nach Nächten ohne Aufpasser und Straßen, in denen ich eine Passantin wäre, die die anderen anschaut und von ihnen angeschaut wird. Weil sie mir versagt war, ist Bewegung für mich zum Synonym für Freiheit geworden. Unabhängig werden hieß fliehen, aus diesem Gefängnis ausbrechen, das mein Zuhause war. Spricht man nicht von der Familie als Keim*zelle* der Gesellschaft? Ich wollte keine »Hausfrau« werden. In der letzten Klasse hatte unser Philosophielehrer, der gern im Unterricht rauchte und im Park seine Stunden abhielt, uns erklärt, existieren heiße zugleich aus sich herausgehen und von zu Hause fortgehen. Es gebe keine Individualität, keine Freiheit ohne Ablösung. Man müsse alle Schubladen meiden, die einen einsperrten, indem sie Bequemlichkeit vorgaukelten. Man müsse auf der Hut sein vor der

»Verbürgerlichung des Herzens«; lieber ein Nomade sein, ein Ruheloser, ein zwanghaft Reisender. Und ich, die ich mich nur von der Schule nach Hause, von zu Hause zur Farm meiner Großeltern bewegte, ich träumte in einer Mischung aus Furcht und Euphorie von einem Ort, an dem ich meinen Platz finden könnte. Ich wollte das Draußen erobern.

Jetzt, barfuß allein in diesem Museum, frage ich mich, warum ich so unbedingt hier eingesperrt werden wollte. Wie die Feministin, die Aktivistin, die Schriftstellerin, die ich zu sein strebe, sich nach Mauern und einer gut verschlossenen Tür sehnen konnte? Ich sollte die Käfige zerstören, die Bollwerke stürmen wollen, bis sie wackeln und einstürzen. Schreiben kann nicht nur darin bestehen, dass man sich zurückzieht, es sich in einer warmen Wohnung behaglich macht, Ziegelmauern errichtet, um sich vor dem Draußen zu schützen und den anderen nicht ins Gesicht zu sehen. Es bedeutet auch, von Expansion, von Eroberung zu träumen, davon, die Welt, das Andere, das Unbekannte kennenzulernen. Was kann man innerhalb einer Festung kultivieren außer Gleichgültigkeit? Seinen Frieden haben zu wollen ist eine egoistische Sehnsucht.

»Als Allah die Welt erschuf, sagte mein Vater, trennte er mit gutem Grund die Männer von den Frauen. [...] Ordnung und Harmonie existieren nur, wenn jede der beiden Gruppen die *hudud* respektiert. Jede Überschreitung bringt zwangsläufig Anarchie und Unglück mit sich. Aber zu allen Zeiten haben die Frauen davon geträumt, die Grenzen zu übertreten; unablässig kreiste ihr Denken um die Welt jenseits des Tores, in ihrer Vorstellung zogen sie tagtäglich durch unbekannte Straßen.« So beginnt *Der Harem in uns,* das Buch, das die marokkanische Soziologin Fatima Mernissi ihrer Kindheit in einem Harem in der Medina von Fes widmet. Sie erzählt darin von der Abgeschiedenheit der Frauen unter der Aufsicht eines Wärters, der ein Schlüsselbund am Gürtel trug und jeden Abend die schwere Holztür absperrte. Den jungen Frauen jener Zeit erklärte man, die Welt sei durchzogen von unsichtbaren Grenzen, den *hudud,* und jene, die sie überträten, machten sich schuldig, da sie Schande über die Sippe brachten.

Ich bin nicht in einem Harem aufgewachsen,

und man hat mich nie daran gehindert, mein eigenes Leben zu leben. Doch ich bin das Produkt dieser Welt, und meine Urgroßmütter waren Frauen, die noch an die Notwendigkeit solcher Grenzen glaubten. Ganz bestimmt haben sie in dem beschränkten Raum, der ihnen zugedacht war, von einem weiteren, offeneren Leben geträumt. Meine elsässische Großmutter, die in der marokkanischen Gesellschaft etwas aus dem Rahmen fiel, beeindruckte durch ihre Abenteuerlust, ihren Mut, ihre Hartnäckigkeit. Ich habe nie erduldet, was meine weiblichen Vorfahren erduldeten, und dennoch, trotz allem, herrschte in meiner Kindheit noch die Vorstellung, dass Frauen unbewegliche, häusliche Wesen waren, die drinnen sicherer waren als draußen. Sie waren weniger wert als Männer. Sie erbten weniger als Männer, sie waren immer die Tochter oder die Frau von irgendjemandem. Man bedauerte oft meinen Vater, weil er nur Töchter hatte. Mit über sechzig Jahren wagte meine Tante noch immer nicht, vor ihrem Bruder zu rauchen. Denn es ist ja bekannt, dass Frauen, die rauchen, nicht anständig sind. Meine Eltern wollten, dass wir freie, unabhängige Frauen werden, die ihre Meinung äußern und ihre eigenen Entscheidungen treffen könnten. Doch weder sie noch wir vermochten uns einfach über die Gesellschaft, in der wir aufwuchsen, und über diese »unsichtbaren Gesetze«, die im öffentlichen Raum galten, hinwegzusetzen. Also ermahnten sie uns zur Vorsicht, zur Diskretion, sobald wir die schützenden Mauern unseres Zuhauses verließen. In *L'homme pressé* (»Der gehetzte Mann«) von Paul Morand spricht der Erzähler mit sich selbst: »Überlege es dir gut, Pierre, ehe du einschläfst und als Hausbesitzer wieder aufwachst. Das wird dich träge machen, Pierre. Du schlägst Wurzeln. Du wirst unbeweglich. Wisse, dass es Schnecken gibt, die sterben, weil sie vom Gewicht ihres eigenen Schneckenhauses erdrückt werden.« Weil ich eine Frau war, hatte ich immer Angst, dass das Schneckenhaus mich erdrücken würde. Angst, Wurzeln zu schlagen. Ich wollte nicht Penelope sein, die auf ihren reisenden Geliebten wartet. Mir scheint, unser Dasein ist ein einziges Bemühen, unsere Wildheit zu zerstören, uns zur Ordnung zu rufen, unsere Triebe zurechtzustutzen. Vielleicht erklärt das meine literarische Obsession für die Abgründe häuslichen Lebens. In all meinen Romanen hegen die

Mütter zu irgendeinem Zeitpunkt, flüchtig und beschämt, den Wunsch, ihre Kinder zu verlassen. Sie alle sehnen sich zurück nach der Frau, die sie waren, ehe sie die Mutter von jemandem wurden. Sie leiden darunter, dass sie ein Nest bauen müssen, einen behaglichen und sicheren Ort für ihre Kinder, ein Puppenhaus, dessen lächelnde Gefangene sie sein werden. Man muss für sie »da« sein, sagt man uns. Eine Frau sollte »wissen, wo ihr Platz ist«.

Zweifellos hat niemand besser verstanden als Virginia Woolf, wie sehr die besondere Lage der Frauen sie dazu zwingt, in einer konstanten Spannung zwischen dem Drinnen und dem Draußen zu leben. Ihnen werden sowohl der Komfort und die Privatsphäre eines eigenen Zimmers verwehrt als auch die Weite der Welt draußen, wo man den anderen begegnen und Abenteuer erleben kann. Die Frauenfrage ist eine Frage des Raums. Man kann die Unterdrückung, die Frauen erleben, nicht begreifen, ohne deren Topografie zu studieren, ohne sich vor Augen zu führen, welche Zwänge ihrem Körper auferlegt werden durch Kleidung, Orte, den Blick der anderen. Beim Wiederlesen ihrer *Tagebücher* habe ich entdeckt, dass Virginia

Woolf an eine Fortsetzung von *Ein Zimmer für sich allein* gedacht hatte. Der provisorische Titel lautete: *The Open Door,* die offene Tür.

Ich setze mich auf mein orangefarbenes Feldbett und betrachte die Fotos an der Wand gegenüber. *Changing New York*. Sie sind von der amerikanischen Fotografin Berenice Abbott, geboren 1898 in Ohio, die später Assistentin von Man Ray wurde. In den 1920er Jahren lebt sie in Paris, wo sie die Arbeiten Eugène Atgets entdeckt, dessen Archiv sie nach seinem Tod erwirbt. Atget hat jahrelang die Pariser Arrondissements fotografiert, in dem wahnsinnigen Bestreben, eine umfassende Dokumentation der sich verwandelnden Metropole zu liefern. 1929 kehrt Abbott nach New York zurück. Die Stadt, die sie dort vorfindet, hat nichts mehr mit der zu tun, die sie verlassen hatte. In wenigen Jahren sind die Gebäude aus dem 19. Jahrhundert abgerissen worden, um einem Reich aus Glas und Stahl Platz zu machen. Vielleicht hat sie damals empfunden, was ich empfinde, wenn ich nach Hause zurückkomme. Dieses seltsame Gefühl, dass die intimste, vertrauteste Welt in meiner Abwesenheit weitergelebt und sich verwandelt hat. Eine Art Verblüffung und zugleich ein unangenehmes Gefühl von Verrat.

Die Künstlerin wendet eine zutiefst paradoxe Methode an: die Veränderung fotografieren, den Wandel festhalten, die im Untergang begriffenen Orte auf Papier bannen. Wie Atget möchte sie einen Transformationsprozess im Bild gerinnen lassen. Was sie fotografiert, ist ebenso eine vergehende wie eine entstehende Welt, beinahe zeitgleich, durch Überlagerung. Die blassgrauen Häuser auf den Abzügen mir gegenüber gleichen Palimpsesten. In ihre Körper aus Beton sind die Zeugnisse der Vergangenheit eingeschrieben. Ich gehe näher heran. Wo hat sie sich versteckt? Wie macht man die Erinnerung sichtbar, die jeder Gegenstand, selbst der gewöhnlichste, selbst der unbedeutendste enthält? Alle hier versammelten Künstlerinnen und Künstler scheint diese Suche umzutreiben: Sie wollen in der Welt, die sie umgibt, die Spuren der Geister finden und so beweisen, dass nichts jemals ganz verschwindet. Dass die gesamte Welt von Narben durchzogen ist. Alle haben den verrückten Ehrgeiz, das Unbeständige dingfest zu machen.

Hinter der Trivialität der Objekte suche ich immer ihren Gehalt an Gebeten und Erinnerungen. Ich mag die gewöhnlichen, kitschigen Gegenstände, die kleinen, hässlichen Dinge, die man trotzdem aufbewahrt, weil sie irgendeine Erinnerung wachrufen. Ich mag Glücksbringer, Amulette. Ich liebe es, die Wohnungen von Schriftstellerinnen und Schriftstellern oder Leuten, die ich bewundere, zu besuchen. Ich habe geweint beim Anblick von Dostojewskis Samowar, Puschkins Haarsträhne oder Victor Hugos Schreibtisch. Diese stummen und reglosen Zeugen berühren mich und machen mich sentimental. Es ist zwanzig Jahre her, dass ich mein Land verlassen habe. Manchmal werde ich gefragt, was ich von diesem Exil halte, doch ich lehne das Wort ab. Ich lebe nicht im Exil. Man hat mich nicht bedroht, ich wurde nicht durch die Umstände gezwungen. In Paris habe ich gefunden, wofür ich hergekommen bin: die Freiheit, so zu leben, wie ich will, stundenlang auf einer Caféterrasse zu sitzen und Wein zu trinken, zu lesen, zu rauchen. Ich bin eine Migrantin, da ich mein Land für ein anderes verlassen habe. Jedes Mal, wenn ich nach Rabat zurückkehre, komme ich nicht umhin, die Veränderungen meiner Heimatstadt zu bemerken. Die Orte, an denen ich mich als Kind aufhielt, sind zum Teil verschwunden, zum Teil haben sie sich in etwas anderes verwandelt. Auf Brachflächen sind Wohnblocks und schicke Häuser aus dem Boden geschossen. Am Ufer des Bou-Regreg wurde das Sumpfland, das Mücken und Vögel anzog, erschlossen, und der Besitzer der Eisdiele hat seinen Laden einem Telefonanbieter verkauft. Das italienische Restaurant, wo ich manchmal mit meinen Eltern hinging, ist immer noch da, in einer dämmrigen Straße im Stadtzentrum. Die Speisekarte hat sich nicht verändert, und der sehr betagte Kellner hört nicht mehr besonders gut.

Ich habe aus dieser Zeit nur wenige Dinge aufbewahrt. Das Zimmer, in dem ich meine Kindheit verbracht hatte, wurde nicht von mir ausgeräumt. Ich habe nichts davon wiedergesehen; weder meine Hefte noch mein Spielzeug, kein einziges Foto oder Kleidungsstück. Damals fühlte es sich für mich so an, als hätte man meine Vergangenheit entweiht, hätte sie mir geraubt. Dann, mit der Zeit, empfand ich eine ungeheure Erleichterung. In den letzten Monaten ist mir aufgefallen, dass ich Briefe, einen Stift meines Vaters, einen alten Ring verloren habe. Ich komme nicht mehr an das E-Mail-Postfach, das ich benutzt habe, und zehn Jahre Korrespondenz sind dahin. Auf einem USB-Stick hatte ich ein paar Fotos aus meiner Jugend gespeichert. Dieser Stick ist unauffindbar. Ich habe alle Schubladen meines Schreibtischs ausgeleert, hatte einen Wutanfall, ich habe sogar, wie mir meine Großmutter riet, zum heiligen Antonius von Padua gebetet. Doch nichts davon ist wiederaufgetaucht. Sobald meine Wut verraucht war, fühlte ich mich, als hätte ich Ballast abgeworfen. Als hätte mir der Gott, der mir diese Dinge gestohlen hatte, in Wahrheit einen Gefallen erwiesen.

Ich betrete den angrenzenden Raum, in dem große Tafeln ausgestellt sind. *Api e petrolio fanno luce* (Bienen und Petroleum machen Licht) wurde aus dem Wachs der Kerzen hergestellt, die die Gläubigen in den Kirchen Roms anzünden. Der Künstler, Alessandro Piangiamore, hat das Wachs eingeschmolzen und anschließend gefärbt und bearbeitet. Das Bild erinnert an einen sommerlichen Gewitterhimmel, unruhig ziehende Wolken, ein Unwetter, das jeden Moment losbrechen kann. Es ist ein Gemisch aus Weiß und Blau mit dunkleren Höhen und lichterfüllten Vertiefungen. Von Weitem sieht es aus wie Farbe, aber sobald man sich nähert, bemerkt man das genarbte und weiche Material der geschmolzenen Kerzen. Wenn ich die Ohren spitze, höre ich dann vielleicht die gemurmelten Gebete? »Mach, dass er gesund wird«, »Mach, dass er mich wieder liebt«, »Herr, schütze meine Kinder«. Wie viele Geheimnisse, wie viele Erinnerungen enthält dieses Votivgemälde? Seine Schönheit tröstet mich. Ich würde gerne mit meinen Nägeln über das Bild kratzen, das Wachs spüren, wie früher als Kind, wenn ich meine Finger in eine brennende Kerze tauchte, um eine Gussform von meinen Fingerabdrücken zu bekommen. Ich würde gerne glauben, ich würde gerne beten. Aber ich weiß nicht, wie das geht. Ich denke an das, was Roland Barthes in seinem *Tagebuch der Trauer* schreibt: »Ich sehe die Schwalben am sommerlichen Abendhimmel. Ich sage mir […], wie barbarisch, nicht an Seelen zu glauben – an die Unsterblichkeit der Seelen! was für eine dumme Wahrheit der Materialismus doch ist!«

In einer Vitrine, das von Etel Adnan gezeichnete Leporello mit dem Titel *Dhikr*, was sich als »Beschwörung« übersetzen lässt. Ursprünglich sind Leporellos kleine, harmonikaartig gefaltete Bücher, in die japanische Künstler mit Tusche zeichneten. Hier schreibt Etel Adnan in verschiedenen Farben immer dasselbe Wort: Allah. Sie schreibt es, wieder und wieder, jedes Mal, wenn eine Bombe auf Beirut fällt. Wie ein Kind, das im Bombenangriff betet, wie ein religiöser Mensch, der sich an seinen Glauben klammert, wenn kein Sinn mehr zu erkennen ist, wenn die Gewalt alles verschlingt. Rund um das heilige Wort zeichnet sie Halbmonde und Sterne, Konstellationen in allen Farben, um den vom Krieg zermürbten Menschen grenzenlose Weiten zu eröffnen. Sie zu Atem kommen zu lassen.

Ich setze mich auf den eisigen Boden und schließe die Augen. Die Rufe zum Gebet, mitten in der Nacht, in meinem Haus in Rabat, kommen mir in den Sinn. Die Stimme des Muezzins weckte mich halb, sie schien ganz nah, und ich wusste, dass die anderen Bewohner des Hauses ebenfalls erwachten. Ich stellte mir vor, wie die Gläubigen hinausgingen, mit verschlafenen Gesichtern durch die dunklen Straßen liefen und, ihren Gebetsteppich unterm Arm, die Moschee betraten.

Entfernt, gedämpft, dringen die Noten von Tschaikowskis *Pathétique* zu mir. Hinter einem Wald aus Ziegelsteinsäulen befindet sich ein Bildschirm. Eine Frau läuft. Sie durchquert die Straßen der belagerten Stadt Sarajewo, um das Symphonieorchester zu erreichen, in dem sie spielt. Man hört das Geräusch ihrer Absätze auf dem Pflaster und ihren Atem, schwer vor Angst und Hast. Ihr Atem wie ein Metronom in dieser Stadt im Kriegszustand, dieser Stadt, die man erstickt, deren Bewohner man terrorisiert. Ihr Brustkorb hebt sich. Sie hält an, gebremst von der drohenden Gefahr. Sie rennt über leere, sonnenüberflutete Kreuzungen. Sie begegnet Passanten, die auf der Hut sind, besorgt. Sie sind schwarz und grau gekleidet. Damals riet man den Leuten, kein Rot oder andere leuchtenden Farben zu tragen, da sie einen zur Zielscheibe für Heckenschützen machten. Auch das war die Blockade für den Künstler Anri Sala: *1395 Days without Red*. In dem Film lässt er diese Tage voller Angst wiederaufleben und würdigt das Orchester von Sarajewo, dessen

Musiker während der Belagerung weitergespielt und ihre Kunst so zum Werkzeug des Widerstands gemacht haben, zum Schrei nach Menschlichkeit. Was bleibt in Sarajewo von den Spuren dieser Erstickung? Ist das vielleicht die Aufgabe des Künstlers? Auszugraben, dem Vergessen zu entreißen, den diabolischen Dialog zwischen Vergangenheit und Gegenwart zu führen. Sich der Verdrängung entgegenzustellen.

Im Gespräch mit Hans-Ulrich Obrist sagt Etel Adnan: »Es ist wichtig, sich aktiv zu erinnern, mehr noch als früher, da sich das Gedächtnis von selbst bewahrte. Wir lebten in einer Stadt, in der wir Bibliotheken hatten, Museen, Freunde. In ihren Steinen und in den Menschen, die diese kannten, war Erinnerung gespeichert. Heute stehen wir immer wieder vor dem Nichts. Ganze Städte wurden zerstört. Vor dem Krieg brauchten wir nicht an Beirut zu denken, denn es war da. Doch das Beirut der 60er Jahre ist verschwunden. Wenn die Erinnerung es nicht bewahrt, wird es von der Landkarte ausradiert werden. Das gilt für mehrere Orte. Auch in Frankreich, wo sich die Dinge so sehr verändert haben, dass wir das, was übrig ist, nicht einmal mehr zu lesen wissen. Wir sehen die Kathedralen nicht mehr so wie jene, die sie erbaut haben. Zu sehen erfordert eine beträchtliche kulturelle Anstrengung – nur, weil ein Gebäude vor uns steht, sehen wir es noch lange nicht.«

Gestern hat Notre-Dame gebrannt. Als ich heute Morgen in Venedig ankam, hat sich der Fahrer des Wassertaxis nach der Kathedrale erkundigt wie nach dem Befinden einer geliebten alten Verwandten. Was Etel Adnan uns sagt, ist, dass Städte ebenso sterben wie Menschen, Tiere oder Pflanzen. Die Städte, die Gebäude verschwinden und mit ihnen die Gefühle derer, die sie geliebt, durchmessen, gekannt haben. In einem Brief an Franco Farolfi aus dem Jahr 1941 erzählt Pier Paolo Pasolini von einer mit seinem Freund Paria in Paderno verbrachten Nacht. Eine Nacht, erfüllt von Gelächter, inmitten der Natur, »der Obsthaine und Bäume voller Sauerkirschen«. Eine Nacht, in der »eine Unmenge Glühwürmchen Feuerwäldchen bildeten«. Dreißig Jahre später, in einem anderen Brief, erklärt er, dass die Glühwürmchen der Luft- und Wasserverschmutzung zum Opfer gefallen sind. »Ein rasantes, verheerendes Phänomen.« In Pasolinis Augen haben die Konsumgesellschaft, der ungezügelte Kapitalismus, die Umweltzerstörung die Glühwürmchen getötet und mit ihnen die Erinnerung an diese Nächte, in denen man ganz mit der Natur verschmilzt. Die Schönheit ist gestorben, scheint er zu sagen, geschlachtet auf dem Altar des Geldes. Die Konsumgesellschaft bringt das Verschwinden der Volkskultur und den Zerfall der Kulturlandschaft mit sich. »Und nun beginnt alles, was jahrhundertelang von Dauer schien und es auch war, zu zerfallen. Venedig liegt in den letzten Zügen.« Und er fügt an anderer Stelle hinzu: »Wenn ein Kind sich nicht geliebt fühlt, beschließt es unbewusst zu sterben, und das geschieht nun. Stein, Holz, Farbe, das ist es, was die Dinge der Vergangenheit gerade tun.« Ich sage mir, dass Notre-Dame vielleicht Selbstmord begangen hat. Erschöpft, ausgelaugt von all jenen, die sie konsumieren wollen, hat sie sich selbst den Flammen geopfert. Notre-Dame ist daran gestorben, dass sie zu viel gesehen wurde, dass sie zu einem bloßen touristischen Konsumobjekt geworden war.

Auch Venedig ist im Begriff zu sterben. Diese Stadt anzuschauen heißt, einem Todeskampf beizuwohnen. Durchs Fenster erkenne ich das Wasser, das sie bald verschlingen wird. Ich versuche, mir die schwankenden Pfähle vorzustellen, die sie stützen. Ich male mir ihre Paläste aus, begraben unter Wasser und Schlamm, ihre ruhmreichen Erinnerungen von allen vergessen, ihre steinernen

Plätze vernichtet. Venedig trägt den Keim seiner Zerstörung in sich, und vielleicht ist es diese Zerbrechlichkeit, die seinen Glanz ausmacht.

Im Fernsehen gestern Abend sagte jemand, die emotionalen Reaktionen auf den Brand zeugten von einer neuen Religiosität in unserem Land. Aber mir scheint, sie zeugen vom exakten Gegenteil. Wir weinen, weil wir in einer Gesellschaft leben, der es schmerzlich an Transzendenz fehlt, an dem Wunsch, sich, in welche Höhen auch immer, aufzuschwingen. Unsere Tränen antworten Gottes ohrenbetäubendem Schweigen. Ich bin in einem Land aufgewachsen, wo Religiosität im Leben jedes Einzelnen einen bedeutenden Platz einnimmt. Einem Land, wo Gott sich in alle Bereiche des täglichen Lebens einschleicht, in jede Redensart, die man gebraucht. Gott sieht alles und entscheidet über unser Schicksal. Damals kam ich nicht gut damit zurecht, dass ich nicht gläubig war. Es war wie eine Beeinträchtigung, die mich ausschloss, mich daran hinderte, mit den Meinen ganz zu verschmelzen. Ich sehnte mich danach, etwas zu empfinden, der Unterwerfung unter etwas Größeres fähig zu sein. Ich stellte mir vor, dass ich vielleicht eines Abends eine

Erleuchtung hätte, wie Pascal in seiner großen Nacht. Gott würde mir erscheinen und mich von meiner Angst erlösen. Doch meine große Nacht ist nie gekommen, und mein Wunsch nach Transzendenz wurde nur von der Literatur erfüllt. Ich denke manchmal, dass angesichts schwindender Religiosität oder ihres Missbrauchs durch aufklärungsfeindliche Geister die Literatur als heilige Schrift dienen kann. Sie kann uns erhöhen. In Beirut habe ich einen Tag mit dem libanesischen Dichter Salah Stétié verbracht. Selten habe ich jemanden getroffen, der so sehr an die Macht der Poesie und der Literatur glaubte. Für ihn bedeuteten sie Transzendenz in einer Welt, in der die Religionen missbraucht und unsere Götter verraten wurden. Wenn wir an nichts mehr glauben konnten, so blieb immer noch die Poesie, die, ihm zufolge, niemals sterben würde.

Durch ein Dachfenster sehe ich die Statue der Fortuna, die das Gebäude überragt. Auf dem First des Eckturms stehen zwei Riesen, die eine goldene Kugel tragen, auf der sich die Fortuna erhebt. Sie hält ein Segel, das sich wie eine Wetterfahne mit dem Wind dreht. »Der Islam entspringt dieser Kultur, in der man ganz genau weiß, dass alles dem Untergang geweiht ist«, ergänzt Etel Adnan. »[…] Die Araber leben flüchtige Leben, vielleicht sind sie deswegen moderner, als ihnen selbst bewusst ist.« Die arabische Kultur, und besonders die Dichtung, sind durchdrungen vom Nomadentum, dem Leben von der Hand in den Mund. Die Landschaften aus Sand und Wind, die die Wiege der muslimischen Kultur sind, erinnern uns unablässig daran, dass der Mensch irrt, wenn er meint, Spuren zu hinterlassen. Im 15. Jahrhundert schrieb Ibn Khaldoun: »Die Araber reisen und bewegen sich ihr Leben lang, was im Widerspruch und Gegensatz zu einem sesshaften Leben steht, welches Kultur hervorbringt. Die Steine, zum Beispiel, dienen ihnen nur dazu, ihre Töpfe darauf abzustützen: Sie nehmen sie aus Gebäuden heraus, die sie zu diesem Zweck zerstören. Holz dient ihnen lediglich dazu, Stangen und Pflöcke für ihre Zelte zu machen.«

Die marokkanische Kultur misst dem Schicksal, dem Glück, den Zufällen, die man demütig annehmen muss, große Bedeutung bei. Anders, als man in der westlichen Welt denken mag, ist dies nicht immer ein Zeichen von Resignation oder Fatalismus. In dieser Art, sein Los anzunehmen, sei es nun gut oder schlecht, liegt auch eine große Würde und Weitsicht. Ich erinnere mich noch, als mein Vater starb, an diese Frauen, die am Abend nach der Beerdigung sagten: »Er ist nun tot, wir haben geweint, und jetzt muss man weiterleben. Das ist der Wille Gottes.« Zum Trost wiederholte man mir diesen Satz, der dem Propheten Mohammed zugeschrieben wird: »Sei auf dieser Welt wie ein Fremder oder wie ein Wanderer. Wie ein Reisender, der Halt macht, und zähle dich selbst zu den Bewohnern der Gräber.«

Für Muslime ist das Leben hienieden bedeutungslos, und die gängigen Redensarten erinnern uns unablässig daran. Wir sind nichts, und wir sind Allahs Gnade anheimgegeben. Die Würde des Gläubigen liegt in seiner Fähigkeit begründet anzunehmen, dass nichts Bestand hat, dass alles vergeht. Die Anwesenheit des Menschen auf dieser Welt ist nur von kurzer Dauer, und er soll sich nicht daran binden.

Ein Brand, das ist nichts weiter als Pech. Eine Glut, die aufflammt, eine vergessene Zigarette, der Wind, der sich erhebt, der Regen, der ausbleibt. Es ist schwer für die Menschen, die Grausamkeit des Zufalls zu akzeptieren. Man begehrt auf, sucht einen Sinn, ein Zeichen, eine Erklärung. Manchmal bildet man sich ein, es wäre eine Verschwörung oder Gott würde uns eine Warnung senden. Wie Kundera schreibt, »der moderne Mensch schummelt«. Er will dem Tod nicht ins Auge blicken und tut so, als glaube er, dass die Dinge Bestand haben, dass es Raum für die Ewigkeit gibt. Unsere Gesellschaften, die die Prinzipien der Vorsorge und Risikovermeidung anbeten, hassen den Zufall, weil er unsere Illusion, alles unter Kontrolle zu haben, zerstört. Die Literatur dagegen liebt Narben, Spuren des Zufalls, unbegreifliches Pech, ungerechtes Leid.

Ich schaue auf meine Uhr. Es ist gerade mal Mitternacht. Das Museum ist so still wie ein Friedhof. Ich könnte mich hinlegen, in ein paar Stunden würde ich die Augen aufschlagen, und es wäre vorbei. Ich würde die sonnigen Straßen wiedersehen und diese schäbige Rückzugsfantasie vergessen. Ich male mir das Café aus, vor dem ich sitzen werde, den starken Espresso, den ich trinken werde, und dann die Zigarette.

Die Zigarette.

Daran hätte ich nicht denken dürfen.

Ich atme tief ein in der Hoffnung, dass sich noch ein Rest Nikotin irgendwo in meiner Lunge befindet. Wer soll schon davon erfahren, wenn ich zweimal an einer Zigarette ziehe? Wird der Wärter kommen und mich davon abhalten? Wird man mir ein Bußgeld aufbrummen? Mich mitten in der Nacht hinauswerfen? Ich könnte sagen, ich hätte es absichtlich getan. Es sei Teil der Performance. Ausgerechnet ich, die ich, wie eine Journalistin einmal anmerkte, nicht wie eine wilde Rebellin wirke, könnte die Subversion ins Feld führen, den Nihilismus, die unerträgliche Sucht.

Ich gehe nach oben, um meine Tasche zu holen, und renne wieder hinunter. Ich betrete die Cafeteria und schließe die Toilettentür hinter mir. In den Händen habe ich eine Zigarette und eine Zahnbürste. Ich muss lachen und denke unwillkürlich an die alten Zeichentrickfilme, bei denen, wenn eine Figur vor einer Entscheidung steht, ein Engel und ein Teufel auf ihren Schultern erscheinen. Zwei Züge, und niemand wird etwas erfahren. Ich brauche mich nur hinzuknien, den Kopf in der Schüssel, eine Zigarette anzuzünden, gierig zu inhalieren und sie gleich wieder wegzuwerfen. Das tue ich. Was, wenn der Wärter aufwacht? In den Toiletten stinkt es nach Rauch. Ich sollte besser so schnell wie möglich wieder hochgehen, mich auf mein Bett legen. So tun, als schliefe ich unschuldig.

Seit Stunden bin ich nun hier, seit Stunden rede ich mit mir selbst, und langsam fühle ich mich etwas konfus. Nicht mehr ganz klar. Es kommt mir vor, als liefe ich durch die Flure eines Geisterhauses. Ich bin desorientiert und habe jedes Zeitgefühl verloren. Ich höre Stimmen. Eine Frauenstimme, leise und klar. Von hier aus verstehe ich nicht, was sie sagt. Sie spricht eine fremde Sprache. Ich schiebe einen Vorhang zur Seite und betrete einen dunklen Raum. Vor mir ein Bildschirm und diese Stimme, die ich kenne. Marilyn Monroe, ihr so besonderes Timbre, zugleich kindlich und voll uralter Weisheit. Diese Stimme, die den Tonfall hinreißender Dummchen annahm und doch die ganze Schwere der Melancholie besaß. Man hört sie, aber man sieht weder ihr Gesicht noch diesen Körper, der ihr Ruhm und ihre Bürde war.

Meine Eltern liebten das Kino leidenschaftlich. Sehr früh zeigten sie uns die Filmklassiker der goldenen Ära Hollywoods und steckten uns mit ihrer Begeisterung an. Einen Teil meiner Jugend verbrachte ich so: auf dem Sofa zwischen meinen beiden Schwestern vor amerikanischen Filmen. Meine Eltern liebten Lauren Bacall, Cyd Charisse, Katharine Hepburn. Ich weiß nicht, was sie von Marilyn Monroe hielten. Sicher hätte es ihnen nicht gefallen, ihre Töchter zu »Diamonds Are a Girl's Best Friend« tanzen zu sehen. In ihren Komödien verkörpert Marilyn das genaue Gegenteil dessen, was unsere Eltern sich für uns wünschten. Eine naive, käufliche Schönheit, die das Unschuldslamm spielt und deren einziges Talent darin besteht, mit den Hüften zu wackeln und die Männer auszunutzen. In *Wie angelt man sich einen Millionär* weigert sie sich, eine Brille zu tragen, die sie ihrer Meinung nach verunstaltet, und rennt gegen Türen und Wände. Sie war mitleiderregend, und ich fand sie großartig.

Meine Schwestern und ich waren fasziniert von diesen Filmen. Nie waren wir in echt Frauen wie ihr begegnet: so schön, so unbekleidet, so blond. Marilyn und die anderen Schauspielerinnen lebten in einer fernen, fremden Welt, die uns jedoch mit jedem Film vertrauter wurde. Eine Welt, in der Frauen Hüte und seidene Handschuhe trugen und allein am Tresen Cocktails tranken. Eine Welt, in der Frauen mit Schrankkoffern auf Kreuzfahrt gingen und Röcke mitten auf der Straße hochgeweht wurden. In der man den Mann seiner Träume auf der Rückbank eines Taxis küsste. Ich war zwölf, hatte eine Monobraue und krauses Haar. Jene Welt erschien mir unerreichbar.

Was habe ich gedacht, als ich sie zum ersten Mal singen hörte, Diamanten seien die besten Freunde einer Frau? Ich weiß es nicht mehr, aber ich glaube nicht, dass es mich schockiert hat. Im Gegenteil, ich fand es sicher komisch, subversiv, wunderbar unpassend. Ich fragte mich, wie es sich wohl anfühlen mochte, so eine Frau zu sein. Eine Frau, deren Schönheit regelrechte Hysterie auslöst, deren geschwungene Hüften, runde Brüste und volle Lippen wie eine Einladung zum Sex sind. Marilyn wurde wie ein Objekt gefilmt, erhaben und provokant. Und ich dachte mir, dass es manchmal bestimmt schrecklich war, nicht unsichtbar sein zu können. Von den Frauen gehasst, den Männern begehrt, niemals ernst genommen zu werden. Dann entdeckte ich die Marilyn der *Misfits,* die mich an die Heldinnen von Tennessee

Williams erinnerte, unverstandene Frauen aus der Provinz, am Rand der Verzweiflung und des Wahnsinns. In meinem Jugendzimmer hatte ich Dutzende Fotos von ihr. Ich liebte besonders die Schwarz-Weiß-Aufnahmen aus New York, auf den Straßen, in der U-Bahn, auf einem Balkon. Sie war dafür gemacht, gesehen zu werden. Ich spürte zwischen ihr und der Kamera eine beinahe unheimliche Verbindung, als ob sie vollständig von ihrem Bild absorbiert würde, das Objektiv sie aussaugte und leer und hilflos zurückließe. Das erzählt Joyce Carol Oates in *Blond*. Sie sagt vor allem, dass man Marilyn Monroe nicht auf eine Männerfantasie reduzieren kann. Marilyn bringt die Frauen zum Träumen. Und die Frauen wurden sehr früh daran gewöhnt, die Welt aus einer männlichen Sicht zu betrachten. So sehen wir Marilyn, und der Anblick zerreißt uns. Sie hat etwas Monströses. Sie ist ein Lockvogel, eine Falle, eine Marionette, eine beinahe mythologische Kreatur, erfunden von schmierigen Produzenten. Marilyn, die weibliche Opfergabe schlechthin, wurde von den anderen verschlungen. Sie gehörte sich nicht; sie war Eigentum der Masse.

Auf dem Bildschirm bemerke ich die Feder eines Füllers und Worte, die sich bilden. Marilyn, das Dummchen, die Sinnliche, führte ein Tagebuch. Auf Anraten ihrer Therapeutin, Margaret Hohenberg, hatte sie Hefte gekauft, in die sie ihre Gedanken schrieb. Ihre Notizen sind voller »ich muss«, »man soll«, Anordnungen, die sie sich selbst erteilte, um eine bessere Schauspielerin zu sein, eine zufriedene Frau. Ihr ganzes Leben lang suchte sie nach Worten, versuchte, den Widerstreit der Gefühle auszudrücken, der in ihr tobte. In ihren postum veröffentlichten persönlichen Aufzeichnungen erfährt man, dass sie immerzu schrieb, überallhin, auf Zettel, Servietten, Rezeptbücher. Als Freundin von Carson McCullers und Truman Capote, Ehefrau von Arthur Miller las sie die ganze Zeit. Sie wollte lernen und schämte sich ein wenig für ihre Schrift, ihre Orthografie, ihre mangelnde Bildung. Auf dem Bildschirm erscheint die Einrichtung eines Hotelzimmers. Wir sind in New York, in der Suite des Waldorf Astoria, in die sie sich unter dem Namen Zelda Zonk flüchtete. Hier beschloss sie, sich neu zu erfinden, alles neu zu lernen, Schauspielerin zu werden, eine wahre Schauspielerin. Langsam entfernt sich die Kamera. Jetzt bemerkt man, dass keine menschliche Hand den Stift hält. Während das Objektiv aus dem Bild herauszoomt, wird man sich der Täuschung, der Verstellung bewusst. Es ist ein Roboter, der da schreibt, und dieses Zimmer ist nur eine Studiokulisse. Die Prosodie ihrer Stimme wurde von einem Computer nachgebildet. Marilyn ist da, und sie ist abwesend. Ein durch die Gnade der Technologie auferstandenes Phantom. War sie je etwas anderes als ein Trugbild? Hat sie wirklich existiert?

Philippe Parreno, der Künstler, ist wieder einmal Demiurg. Wie Berrada Nacht und Tag umkehrt, wie Roni Horn den wogenden Fluss des Wassers erstarren lässt, trotzt er der Logik von Abwesenheit und Anwesenheit, von Kulisse und Realität, von Kino und authentischem Leben. Er holt die Toten ins Leben zurück. Ist es nicht genau das, was ich mit meinem Roman versuche? Als ich mit der Schriftstellerin Claire Messud darüber sprach, sagte sie mir, ein historischer Roman sei wie »Science-Fiction der Vergangenheit«. Was wir erzählen, hat nie existiert, und die Vergangenheit, um die es geht, ist nichts anderes als eine echt wirkende Erfindung. Wenn man schreibt, gibt es beinahe übersinnliche Momente, in denen sich Fiktion und Realität vermengen, die Figuren auf beglückende und erschreckende Weise greifbar werden. Als schöpften wir aus den Spuren, die die Toten hinterlassen haben, um Leben zu schenken. Irgendwo habe ich eine afrikanische Legende gelesen, in der es hieß, die Toten lebten weiter unter uns, solange wir über sie sprächen. Senghor schrieb: »Die Toten sind nicht tot.« Erst an dem Tag, an dem der letzte Mensch, der sie gekannt hat, dahinscheidet, gehen sie wirklich. Solange wir noch etwas zu sagen haben über die Geister, solange wir noch Erinnerungen an sie haben, selbst stille, selbst tief in der dunkelsten Nacht unseres Gedächtnisses verborgene, wohnen die Geister mit den Lebenden zusammen. Gestern habe ich im Radio gehört, dass eine der schlimmsten Strafen im alten Rom die *damnatio memoriae* war, die der Senat gegen geächtete politische Persönlichkeiten verhängte. Man zerstörte ihre Statuen, tilgte ihren Namen aus den Registern, löschte jegliche Erinnerung an ihre Existenz.

Dieses Gebäude ist definitiv voller Geister. Sie haben überall Hinweise hinterlassen wie lauter kleine Däumlinge, die mich auffordern, ihrer Spur zu folgen. In einem Gang betrachte ich die Skulpturen von Tatiana Trouvé mit dem Titel *The Guardian* (Der Wärter). Diese Skulpturen aus Bronze, Marmor und Onyx haben die Form von Stühlen mit Kissen darauf, in denen ein menschlicher Körper eine Kuhle hinterlassen hat. Diese

Kuhle macht die Abwesenheit greifbar, so als wären die Menschen, die dort saßen, gerade erst aufgestanden. Im Stein spürt man das Gewicht des Wartens, der Langeweile. Die Illusion ist so stark, dass ich dachte, die beiden würden gleich wiederkommen.

Natürlich denke ich an ihn. An meinen Vater. Alles hier verweist auf ihn. Dieser Raum, in dem ich eingeschlossen bin. Meine Einsamkeit. Die Geister der Vergangenheit. Die Erinnerungen an meinen Vater sind immer dieselben. Wir haben miteinander nur wenige Landschaften betrachtet. Die Jahre, die wir zusammen erlebt haben, vergingen in einem Land ohne Jahreszeiten. Feuchte Winter, brutheiße Sommer. Ein Mittelmeerstrand, Olivenhaine in einer falschen Toskana, und dann das große Haus, das Haus seiner Agonie, das der endlosen Langeweile, in dem wir, wie ich genau weiß, nicht stark genug waren, um ihn abzulenken. Vielleicht war er deshalb darauf bedacht, immer denselben Platz einzunehmen, am Tisch oder auf dem Sofa im Wohnzimmer, damit ich mich besser erinnern kann. Der Instinkt eines Patriarchen oder eines alten Tieres in der Savanne, wo sich inzwischen alle lustig machen über die Löwen mit dem kahlen Fell. Auf dem

Sofa besetzte er die rechte Ecke. Die Armlehne war schwarz vom Rauch seiner Pfeifen, an denen er langsam saugte, mit leicht geöffnetem Mund wie ein Fisch am Grund eines Aquariums. Meine Mutter hat den Bezug für das Sofa ausgesucht. Ich bin sicher, es hat sie viel Zeit gekostet. Sie hat lange die Stoffmuster studiert, einige davon vielleicht meinem Vater unter die Nase gehalten, dem sie vollkommen gleichgültig waren. Schließlich hat sie allein entschieden, das Sofa mit diesem bordeauxroten Stoff beziehen zu lassen, der, glaube ich, mit Blumen oder indisch angehauchten Mustern bedruckt war. Egal. Woran ich mich vor allem erinnere, ist, dass da, wo der Arm meines Vaters lag, das Muster beinahe verschwunden war. Die andauernde Reibung hatte den Stoff abgewetzt, und ein Fremder, der das Haus betreten hätte, hätte sicher gedacht, dort wäre der Stammplatz der Katze oder des Hundes. Ein zu dickes und verwöhntes Haustier hätte die Kissen eingedrückt. Und es sei doch seltsam, dass man einem Tier diesen komfortablen, zentralen Platz überließ, diesen Platz, von dem aus man alle Bewegungen im Haus und sogar einen Teil des Gartens übersehen konnte.

»Ich habe kein Heimweh«, schrieb Louise Michel, »ich habe Weh nach den Toten.« Die Toten brauchen manchmal eine Weile, ehe sie uns fehlen. Ihre Abwesenheit gräbt eine unsichtbare Furche, und eines Tages, lange nachdem sie von uns gegangen sind, sagt man sich: Ich habe tatsächlich ohne sie gelebt. Oft denke ich, ich müsste meinem Vater dafür danken, dass er gestorben ist. Indem er ging, indem er aus meinem Leben verschwand, hat er mir Wege eröffnet, die ich ganz bestimmt nie einzuschlagen gewagt hätte, wenn er noch da gewesen wäre. Das ist ein beschämender Gedanke, ein trauriger Gedanke, doch je mehr Zeit vergeht, desto mehr wird mir bewusst, wie zutreffend er ist. Mein Vater war ein Hindernis. Oder, schlimmer noch, meine Berufung zum Schreiben setzte voraus, dass mein Vater abtrat.

Mein Vater fehlt dem kleinen Mädchen. Der stille Dialog, den ich mit ihm führe, ist jeden Tag etwas wütender, zorniger, ohnmächtiger. Doch ich komme dahin zu denken, dass sein Tod großzügig war. Dass er sich mir zuliebe entschieden hat, dass er erloschen ist wie ein Feuer, langsam und schmerzlich. Dass er am Ende nichts mehr war als ein blauer Schimmer, schwach und flackernd. Eine Stimme, ein Blick, zwei braune feminine Hände, die mich vom Leben abhielten. Indem er starb, zwang mein Vater mich, ihn zu rächen. Er verbot mir jegliche Trägheit, jegliche Halbherzigkeit. Er hat seine Hände an meinen Rücken gelegt und mich ins Nichts gestoßen, wie die Väter, die fürchten, ihre Kinder könnten feige oder ängstlich werden.

Ich habe den Brief, den der türkische Schriftsteller Ahmet Altan im September 2017, wenige Tage vor seinem Prozess, an die Tageszeitung *Le Monde* schrieb, an die Wand meines Büros gepinnt. Der Journalist wurde beschuldigt, den Putschversuch vom 15. Juli 2016 unterstützt zu haben. Ich erinnere mich noch daran, wie ich den Brief zum ersten Mal las. Mein Herz zog sich zusammen, und jede Zeile ließ die Übelkeit meiner Jugend wieder hochkommen, den sauren Geschmack in der Kehle. Diesen Geschmack, der mir allzu vertraut war. Ahmet Altan schrieb: »Ich bin nicht im Gefängnis. Ich bin Schriftsteller.« Diese Sätze brodelten, explodierten, trommelten in mir so rasend schnell, dass ich sie nicht verstehen konnte. Ich kniff die Augen zu. Ich versuchte, mich zu beruhigen, und die Sätze verfolgten mich weiter wie ein flüchtiger Schatten, wie ein Rätsel, das darauf wartet, gelöst zu werden. Und dann verstand ich. Ich glaubte zu verstehen.

2003 wurde mein Vater nach jahrelangem Gerichtsverfahren im Gefängnis von Salé inhaftiert. Als ehemaliger Direktor einer Bank war er in einen der größten Politik- und Finanzskandale hineingezogen worden, die Marokko je gesehen hat. Nach seiner Entlassung aus dem Gefängnis wurde mein Vater krank, und 2004 starb er. Jahre später wurde er von allen Vorwürfen vollständig freigesprochen.

Diese Erinnerungen tauchten wieder auf, als ich den Text von Ahmet Altan las. Ich sagte mir: »Mein Vater ist im Gefängnis. Und ich bin Schriftstellerin.« Er ist tot, und ich lebe. Durch meine Geschichten versuche ich, seine Freiheit zurückzugewinnen. Ich schreibe, und ich grabe ein Loch in die Wand einer Zelle. Ich schreibe, und jede Nacht feile ich an den Gittern eines Gefängnisses. Ich schreibe, und ich rette ihn, ich biete ihm Ausflüchte, Landschaften, Figuren, die ungewöhnliche Abenteuer erleben. Ich biete ihm ein Leben, das ihm angemessen ist. Ich gebe ihm das Schicksal zurück, das man ihm verwehrt hat.

Du bist gestorben, um dir eine zweite Chance zu bieten, und mir scheint, ich bin diejenige, der diese zweite Chance anvertraut wurde, der es obliegt, das Ende der Geschichte zu schreiben. Ich verschließe Jasmin in Kästen, ich lasse den Wasserlauf erstarren, die toten Schauspielerinnen, die du liebtest, wiederauferstehen, den Abdruck auf dem Sofa meißele ich in Stein.

Das Schicksal meines Vaters hat immer auf meinem gelastet. Ich habe versucht, es zu ignorieren. Ich wollte dem Offenkundigen entgehen. Ich lebe in der irrationalen Furcht vor einem Fluch. Ich habe Angst, mich könnte dasselbe Schicksal erwarten. Ich werde sehr hoch aufsteigen und fallen. Ein langsamer und schwindelerregender Sturz. Ein trauriger und trivialer Sturz, der niemanden interessiert, im Schatten eines Souterrains, im Schatten meines Schweigens. Ich werde dem Abscheu der Welt anheimfallen und dann dem Vergessen. Und mir scheint, je mehr ich versuche, diesem Schicksal zu entkommen, desto beharrlicher stoßen mich die Ereignisse auf das unvermeidliche Fatum. Nichts wird mir je erlauben, ihm zu entrinnen. Es steht geschrieben, dass dieser Fluch vom Vater auf die Tochter übergeht.

Hier müsste ich erzählen. Vom langsamen Abstieg meines Vaters in die Hölle. Seinem sozialen Niedergang. Seiner Inhaftierung. Doch nichts von dem, was ich erzählen würde, wäre wahr. Oder besser, die, die diese Ereignisse erlebt haben, fänden darin nicht die nüchterne und exakte Wahrheit. Sie würden sagen, dass ich mich getäuscht habe. Sie würden sagen, dass ich mir etwas ausdenke. Dass »es nicht so gewesen ist«. Was ich nicht weiß, wird im Dunkeln bleiben. Ich will keine Rätsel lösen, keine Auslassungen füllen, keine Wahrheit oder Unschuld wiederherstellen. Ich habe eine Aversion gegen Erklärungen. Ich will Fragen unbeantwortet lassen, denn in diesen Gräben, in diesen schwarzen Löchern finde ich den Stoff, der mir entspricht. Dort spinne ich mein Netz, erfinde Räume für Freiheit und Lüge, die für mich ein und dasselbe sind. Ich bewege mich durch finstere Straßen und erschaffe meine eigenen Landschaften. Ich erfinde mein Gedränge, meine Familie, ich zeichne Gesichter.

Viele meinen, schreiben wäre gleichbedeutend mit berichten. Von sich zu sprechen hieße, erzählen, was man erlebt hat, getreu die Realität wiedergeben, deren Zeuge man wurde. Ganz im

Gegenteil, ich möchte erzählen, was ich nicht gesehen habe, wovon ich nichts weiß, was mir aber keine Ruhe lässt. Gerade die Ereignisse erzählen, die ich nicht miterlebt habe und die doch Teil meines Lebens sind. Das Schweigen in Worte fassen, der Amnesie trotzen. Literatur dient nicht dazu, die Wirklichkeit wiederzugeben, sondern dazu, die Leerstellen, die Lücken auszufüllen. Man fördert eine Realität wieder zutage, und zugleich erschafft man eine andere. Man erfindet nicht, man stellt sich etwas vor, verleiht einer Vision Gestalt, die man nach und nach konstruiert aus Stücken von Erinnerungen und ewigen Obsessionen.

Was würde mein Vater von meiner fixen Idee halten, mich einsperren zu lassen? Sicher würde er mich aufziehen. »Du willst für mich ins Gefängnis gehen, Mädchen? Du willst, dass man dich hinter Schloss und Riegel bringt?« Er würde mich ansehen, das Gesicht erhellt von diesem Lächeln, das das schönste Lächeln der Welt war. Er würde sich nicht täuschen lassen. Er würde die ganze Verzweiflung und Abnormität erkennen, die hinter meiner Fantasie der Gefangenschaft steckt. Er würde mich in den Arm nehmen und mich über meine absurden Versuche, ihn zu retten und mich an seine Stelle zu versetzen, trösten. Werde ich je wissen, was er durchgemacht hat? Ist es anstößig von mir, unbedingt verstehen zu wollen, wie es sich anfühlt, so etwas zu erleben?

Was meinem Vater passiert ist, hat meinen Wunsch, Schriftstellerin zu werden, mitbegründet. Ich denke oft an diesen Satz von Marguerite Duras in *Emily L.*: »Mir scheint, dass es, wenn es in einem Buch steht, nicht mehr schmerzt … dass es nichts mehr ausmacht. Dass es ausgelöscht ist. […] Schreiben ist auch das, zweifellos: auslöschen. Ersetzen.« In gewisser Weise das Gedächtnis korrigieren. Nach dem Tod meines Vaters begann ich, wie besessen zu schreiben. Ich erfand Welten, in denen Unrecht wiedergutgemacht wurde und die Figuren als das gesehen wurden, was sie waren, und nicht Gefangene des Bildes waren, das die Masse sich von ihnen machte. Ich schrieb über unverstandene Menschen und tauchte in ihre Seelen ein, so tief ich konnte. Ich lernte, in mir zu leben, meiner inneren Stimme zu lauschen, der Musik und den Worten, die durch meinen Kopf schweiften. Ich schrieb aus Realitätsverweigerung und aus dem

Wunsch heraus, die Gedemütigten zu erlösen. Als mein Vater aus dem Gefängnis kam, redete er mit mir über das innere Leben. Er gab mir zu verstehen, dass etwas von ihm, in ihm, standgehalten hatte. Dass es in jedem von uns einen Ort gab, den die anderen weder erreichen noch entweihen konnten. Einen Abgrund, in dem Freiheit möglich war. Ich begann zu denken, dass das innere Leben meine Rettung sei und dass es allein von mir abhing, es zu verlieren oder zu bewahren. Dieses innere Leben sollte sich von da an ganz und gar aus Literatur speisen.

»Ja, ich werde in einem Hochsicherheitsgefängnis mitten im Nirgendwo festgehalten. Ja, ich sitze in einer Zelle fest, deren schwere Tür sich mit dem rasselnden Klang von Eisen öffnet und schließt. […] All dies ist wahr, aber es ist nicht die ganze Wahrheit. […] wenn ich im Winter bei meinem Erwachen das Flüstern des in den Gittern angesammelten Schnees vernehme, wähne ich mich hinter der Glasfront der Datscha, in der Doktor Schiwago Zuflucht fand. Bis heute bin ich noch nie im Gefängnis erwacht – nicht ein einziges Mal. […] Ich bin Schriftsteller. […] Ihr könnt mich einsperren, wo immer ihr wollt. Auf den Flügeln meiner unendlichen Vorstellungskraft werde ich die ganze Welt bereisen. [...] Weil ich die Zaubermacht besitze, die allen Schriftstellern eigen ist. Ich kann mühelos durch Wände gehen«, schreibt Ahmet Altan (*Ich werde die Welt nie wiedersehen*).

Mein Vater war ein geheimnisvoller Mann. Er sprach wenig über sich, und ich versuche nicht, seine Geheimnisse zu ergründen. Ich trage sie mit mir herum, so knorrig sie auch sein mögen, und mir scheint, sie treiben mich dazu weiterzumachen. Weiterzumachen womit? Um was zu erreichen? Ich habe keine Ahnung. Doch wenn das Gefängnis meinem Schreiben zugrunde liegt, dann auch deshalb, weil mein Vater, und wir durch ihn, Opfer einer Ungerechtigkeit wurden. Und nur die Literatur schien mir in der Lage zu sein, sich dieser Sache anzunehmen, dieser so brutalen, zerstörerischen Erfahrung. Ich habe mich oft als Anwältin meiner Figuren gesehen. Als die, die nicht dazu da ist, zu beurteilen, in Schubladen zu stecken, sondern die Geschichte eines jeden zu erzählen. Den Gedanken zu verteidigen, dass selbst Monster, selbst Täter eine Geschichte haben. Wenn ich schreibe, bin ich beseelt von dem Wunsch, zur Rettung meiner Figuren beizutragen, ihre Würde zu schützen. Literatur ist für mich die Unschuldsvermutung. Sie ist die Vermutung schlechthin: Man vermutet, dass uns eine Gemeinsamkeit mit dem Rest der Menschheit verbindet. Man vermutet, dass diese, unserer Fantasie entsprungene Figur, die eine bestimmte Erfahrung gemacht hat, welche wir nie gemacht haben, dabei etwas empfunden hat, was wir verstehen können, ohne es zu kennen. Schon immer hege ich für die anderen mehr als Neugier. Einen zügellosen Appetit. Ein Verlangen, in sie einzudringen, sie zu verstehen, für eine Minute, eine Stunde, ein ganzes Leben ihren Platz einzunehmen. Das Schicksal der anderen fasziniert mich, und ich leide, wenn es mir grausam oder ungerecht erscheint. Nie konnte ich mich in kalter Gleichgültigkeit entspannt zurücklehnen. Der Passant auf der Straße, die Bäckerin, die zu laut spricht, der kleine, trippelnde Alte, das Kindermädchen, das auf einer Bank träumt, alle rühren mich. Wenn man schreibt, dann gewinnt man die Schwächen, die Fehler der anderen lieb. Man begreift, dass wir alle allein sind, aber dass wir alle gleich sind.

Was mich berührt bei den großen Schriftstellern, ist ihre Wertschätzung. In den Büchern, die mich begeistert haben, sind die Autoren so voller Empathie, dass selbst die trivialsten Existenzen, die alltäglichsten Empfindungen sich mit Magie aufladen. Etwas Großes scheint unseren erbärmlichen Leben zu entspringen. Sie haben mir die Hoffnung oder die Illusion gegeben, dass man einander verstehen kann, dass man einander sogar verzeihen oder sich nicht verurteilen kann. Dass wir nicht zu endloser, kalter Einsamkeit verdammt sind.

Mein Vater las viel. Das war die Festung, in der er sich verschanzte, und im Übrigen stapelte er auch Bücher zu seinen Füßen auf, wie ein Maurer Ziegelsteine übereinanderschichtet, um eine Mauer zu errichten. Ich habe kürzlich entdeckt, dass auf einem der wenigen Fotos, das uns gemeinsam zeigt, ein Buch neben ihm liegt. Es ist die französische Ausgabe von Paul Austers *Mond über Manhattan*. Eines Tages – mein Vater war längst gestorben – habe ich dieses Buch in der Bibliothek meiner Eltern wiedergefunden. Ich habe das Cover erkannt, seine Rosa- und Blautöne, und mich erinnert, wie ich als Kind las, um meinen Vater zu beeindrucken. Ich dachte damals, dass er, wenn ich ein Buch in der Hand hielt, sich für mich interessieren würde. Mich sehen würde. Ich habe den halben Roman gelesen. Ich war an dem Punkt angekommen, wo der Held allein in seiner Wohnung sitzt, ruiniert, verzweifelt, verschanzt hinter Bergen von Büchern, die er verschlingt. Dann habe ich das Buch verloren, in einem Flugzeug oder einer Abflughalle. Ich habe es nicht noch einmal gekauft und nie versucht, das Ende der Geschichte zu erfahren.

Es ist nicht angenehm, an ihn zu denken. Ich weiß nicht so recht, warum. Da ist immer eine gewisse Zurückhaltung, eine Distanz, ich tauche nie vollständig in diese Gedanken ein, gestatte mir nicht, mich ihnen ganz zu überlassen. Ich will es übrigens auch gar nicht. Nie habe ich im Stillen heiße Tränen vergossen und mir gesagt, dass er mir fehlt. Er hatte etwas Rätselhaftes und unsere Beziehung etwas Unvollendetes. Worte, die nicht gesagt wurden, Dinge, die wir nicht gemeinsam erlebt haben. Obwohl er mein Vater war, war er mir nicht vertraut. Vielleicht war es mein Ziel, ihn zu erobern, ihn zu bezwingen, ihn zu einem Verbündeten, einem Freund zu machen. Er starb, ehe es mir gelang. In Wahrheit denke ich deshalb nicht so gern an ihn, weil diese Gedanken selbst voller Leerstellen sind. Ich bin außerstande, eine genaue Erinnerung wachzurufen, ein Gespräch, ein Spiel, eine Mahlzeit. Nein, diese Gedanken bestehen aus einer Art Kluft, aus dem Graben, der mich von ihm trennte.

Absurderweise habe ich, je mehr ich über ihn schreibe, umso weniger das Gefühl, dass er wirklich existiert hat. Anstatt ihn lebendig werden zu lassen, trügen die Worte und verwandeln ihn in eine Romanfigur. Mich an ihn zu erinnern ist schmerzhaft. Wie wenn ich als Kind die Krusten abkratzte, die sich an meinen aufgeschürften Knien gebildet hatten. Das tat weh, doch ich genoss auch irgendwie, die Wunde wieder bluten zu sehen. So ähnlich ist es, über ihn zu schreiben. Ich glaube nicht, dass man schreibt, um sich zu erleichtern. Ich denke nicht, dass meine Romane das Gefühl der Ungerechtigkeit, das ich empfunden habe, überwinden können. Im Gegenteil, ein Schriftsteller hängt krankhaft an seinem Schmerz, seinen Alpträumen. Nichts wäre schrecklicher, als davon geheilt zu werden.

Manchmal frage ich mich: Wenn ich wählen müsste zwischen deinem Überleben und dem Schreiben, was würde ich tun? Natürlich müsste man sagen: Ich hätte lieber niemals geschrieben, und du wärst noch bei uns und wir hätten nicht gelitten. Aber ich weiß nicht, ob ich das sagen kann. Henry de Montherlant hatte recht. »Schriftsteller sind Monster.« Gottlose, unmoralische Vampire.

Es ist drei Uhr früh, und ich gehe zum Aussichtsturm an der Spitze des Gebäudes. Mir fällt wieder ein, dass ich in einer Zollstation bin. Hier wurde eine Amtsgewalt ausgeübt, man kontrollierte Handelswaren, erlaubte oder verwehrte die Einfuhr. Bis zum 15. Jahrhundert gab es, in der Nähe des Arsenals, eine einzige Zollstelle für vom Meer und von Land kommende Güter. Als diese zu klein wurde, schaffte man zwei Bereiche für die Abfertigung, die Dogana di Terra, nicht weit von der Rialto-Brücke, und die Dogana di Mare, die in gewisser Weise als Schleuse zwischen der Giudecca und dem administrativen Zentrum Venedigs fungierte. Das aktuelle Gebäude, das aus dem 17. Jahrhundert stammt, war zugleich Eingangs- und Ausgangstor, Grenze und Übergang, ein Korridor, in dem Menschen und Dinge einer Prüfung unterzogen wurden. Am Zusammenfluss zweier großer Kanäle gelegen, die die Stadt durchziehen, dem

Canal Grande und dem Canal de la Giudecca, ist die Dogana der Begegnungspunkt zweier Kulturen: der abendländischen und der arabisch-byzantinischen Welt. Die Zöllner gingen an Bord der Schiffe, die an der Spitze vor Anker lagen, um Laderaum und Zwischendeck zu inspizieren, Waren zu zählen, Rechnungsbücher zu überprüfen. Doch die Dogana diente auch als Zwischenlager. Manche Fracht wurde gelöscht und wieder aufgeladen, was Venedig zum Knotenpunkt des Warenaustauschs zwischen Nordeuropa und der Levante machte. Wein, Pelze, Holz, Zucker, Öl, Gewürze, Seidenstoffe aus dem Orient, Ägypten, Kleinasien oder vom Balkan häuften sich in den Lagerhallen, ehe sie nach Italien, Frankreich, Flandern oder England verkauft wurden. Dank des »Incanto delle galee da mercato«, der Schiffsraumversteigerung an Kaufleute, betrieb dieses Handelsimperium eine Flotte von Tausenden Galeeren, die durch das Mittelmeer kreuzten. In der kosmopolitischen Stadt lebten Juden, Christen und Muslime miteinander.

Das war es, was mich besonders beeindruckte, als ich zum ersten Mal nach Venedig kam. Diese Stadt war ebenso Teil des Orients wie des Okzidents. Auf dem Markusplatz fühlte ich mich an Kairo und Istanbul erinnert. Die goldverzierte Fassade der Basilika ließ mich an einen byzantinischen Palast denken und die Rundbögen an das Innere einer Madrasa oder Moschee. In manchen Gassen wähnte ich mich im Herzen einer jener Medinas, die die Architekten wie Labyrinthe anlegten, damit Angreifer sich darin verirrten. Ich war in Fes oder in Samarkand. Ich stellte mir Turban tragende Mauren vor, die sich in den *calli* verliefen, und mir fiel wieder ein, dass der berühmteste von ihnen, Shakespeares Othello, angeblich durch einen charismatischen marokkanischen Gesandten am englischen Hof inspiriert wurde. Die Vegetation glich der meiner Kindheit, Palmen, Orangenbäume, an den Mauern der Palazzi rankender Jasmin.

Venedig ist eine Stadt ohne Land. Ohne Boden und ohne andere Schätze als das Salz. Man nährt sich von draußen, von außerhalb, aus der Fremde. Ich sehe darin ein Symbol meiner eigenen Geschichte. Vielleicht lebe ich an solch einem Ort, der dieser spitzen Halbinsel ähnelt. Einer Zollstation, die vom Wesen her ein paradoxer Ort ist. Weder habe ich meinen Abfahrtsort ganz verlassen noch bin ich an meinem Zielort ganz angekommen. Ich lebe in einer Zwischenwelt.

Da bin ich nun, allein im Herzen der Dogana, Königin in meinem Reich ohne Bewohner, ohne Licht und ohne Leben. Ich irre von Saal zu Saal, ohne Ausweispapiere vorzuzeigen, ohne Gründe anzugeben, ohne mich zu erklären. Ich habe die Macht über dieses Territorium übernommen, ich habe den Lauf der Dinge umgekehrt, ich lebe bei Nacht und werde im Morgengrauen schlafen gehen. Ich muss niemandem Rechenschaft ablegen.

Mein ganzes Leben lang hatte ich das Gefühl, nicht der Mehrheit anzugehören, mit den anderen keine Schicksalsgemeinschaft zu bilden. Ich habe mich nie an Traditionen und Bräuche gehalten. Kollektive Vergnügen schrecken mich ab. In Marokko bin ich zu westlich, zu frankofon, zu atheistisch. In Frankreich bleibt mir die Frage nach der Herkunft nie erspart, »In fremdem Land in meinem eigenen Land« (Louis Aragon). Lange Zeit hasste ich mich dafür, dass ich so nervös und unbeständig bin. Meine Widersprüche waren unerträglich. Ich wollte, dass man mich akzeptiert, aber ich wollte auch keiner von ihnen sein. Wenn man in mehreren Ländern, mehreren Kulturen beheimatet ist, kann das zu einer gewissen Verwirrung führen. Man ist von hier und auch wieder von woanders. Man beansprucht immer für sich, Ausländerin zu sein, und gleichzeitig hasst man, als solche gesehen zu werden. Man ist unaufrichtig. Gegenüber einem Franzosen, der mir sagt, Muslime seien von Natur aus frauenfeindlich und gewalttätig, werde ich die Offenheit meiner marokkanischen Landsleute mit Klauen und Zähnen verteidigen, tausend Beispiele liefern, um ihn zu widerlegen. Umgekehrt werde ich einem Marokkaner, der mich davon überzeugen will, dass unser Land durch und durch friedlich und tolerant ist, widersprechen und die Frauenfeindlichkeit und Gewalt hervorkehren, die es unterminieren.

Was mich lange beschäftigt hat, ist die Frage, ob man ohne feste Verankerung, ohne Fundament, auf dem man ruht, schreiben kann. Ist schreiben ohne eigenen Boden möglich? Was hat man zu erzählen, wenn man das Gefühl hat, nirgendwo herzukommen?

»Weißt du, was dein Problem ist? Du bist ein

Heimatloser. […] Hast du das noch nie gehört? Keiner, der sein Heimatland verlassen hat, hat jemals was Vernünftiges geschrieben«, schreibt Hemingway in *Fiesta*.

Zerrissen zwischen den Gemeinschaften, denen ich angehöre, fehlte mir ein prägendes Territorium, das mich genährt hätte, und so schrieb ich in wackliger Balance. Salman Rushdie hat diesbezüglich einen wichtigen Platz in meinem Leben eingenommen. Ich war acht Jahre alt und lebte in einem muslimischen Land, als gegen diesen Mann eine Fatwa verhängt wurde. Er war ein Verräter. Ein Abtrünniger, das schlimmste Gezücht, das die Erde hervorbringen konnte. Er war ein Ungläubiger, der sich an den Westen verkauft und die Religion seiner Ahnen verraten hatte, um sich vor den Weißen wichtigzumachen. Später habe ich seine Bücher, Gespräche und seine Autobiografie gelesen, und meine Bewunderung für ihn ist immer mehr gewachsen. Von ihm habe ich gelernt, dass man nicht im Namen der Seinen schreiben musste. Dass wir unseren Status als »Mischling«, als Mensch zwischen zwei Welten, bis ins Letzte ausloten mussten. Schreiben hieß nicht, eine bestimmte Kultur zu vermitteln, sondern sich von ihr loszureißen, wenn diese sich auf Gebote und Diktate beschränkte. »Wir ähneln Abtrünnigen. Wir sind Hindus, die über die schwarzen Wasser fuhren; wir sind Muslime, die Schweinefleisch essen. Und die Folge davon ist, dass wir teilweise zum Westen gehören. Unsere Identität ist zugleich vielfältig und unvollständig. Manchmal haben wir das Gefühl, in uns zwei Kulturen zu vereinen, und manchmal, zwischen allen Stühlen zu sitzen.« Meiner Ansicht nach wird weder der Diskurs, der den Reichtum kultureller Vermischung glorifiziert, noch der, der sie mit Besorgnis betrachtet, der Komplexität einer doppelten Identität gerecht. Sie ist zugleich Schmerz und Freiheit, beschwerlich und begeisternd. Ich war derart zerrissen zwischen ganz verschiedenen Traditionen und Geschichten, dass ich dachte, ich könnte nur ein ruheloser Mensch werden. Ich wollte mich in die Herde einfügen, das köstliche Gefühl entdecken, dazuzugehören, Teil einer Clique, eines Lagers, einer Gemeinschaft zu sein. Ich wollte klare Ansichten haben, mich nicht mehr mit Nuancen und Zweifeln herumschlagen. Ich fühlte mich wie »diese Orchideen im Tropenwald, deren von den hohen Ästen der Acoma-

Bäume herabsteigende Wurzeln zwischen Himmel und Erde schweben. Sie tasten, sie suchen; die Stabilität des Erdbodens kennen sie nicht.« (Michèle Lacrosil, *Cajou*)

Als ich nach Frankreich kam, habe ich mich nicht ganz wie eine Fremde gefühlt. Ich hatte den Eindruck, dieses Land zu kennen, seine Codes, seine Kultur, seine Sprache zu beherrschen. Ich kannte sie, aber sie kannten mich nicht. Ich spürte deutlich, dass Notre-Dame, Flaubert oder Truffaut mir vertraut waren. Sie sprachen nicht von mir, sie wussten nichts von mir, und doch, durch einen seltsamen Unfall der Geschichte, waren sie mein Erbe.

Maryse Condé, die ihre Heimat Guadeloupe verließ, um in Paris Literatur zu studieren, erzählt in einem Interview: »Es fühlte sich für mich nicht fremd an, nach Paris zu kommen. Es war vertraut, weil ich dort alles fand, was ich suchte: eine Aufgeschlossenheit gegenüber der Kultur, der Philosophie. Ich war zu Hause. Ich kannte die französische Kultur, ich beherrschte sie. Etwas an dieser Gesellschaft war mir vertraut. Zugleich wurde ich mir in Paris meiner Hautfarbe bewusst, ich begriff, dass ich schwarz war.« In Frankreich bin ich zur Araberin geworden. Zur *beur*. Als ich dieses Wort zum ersten Mal hörte, habe ich es nicht verstanden. Man sagte mir: »Die *beurs*, das sind die Araber von hier.« Durch meine Ankunft in Frankreich stammte ich plötzlich aus dem Maghreb, einem unbestimmten Gebiet ohne Grenzen, ohne Differenzierung oder Feinheiten. Schlimmer noch, ich entdeckte mit der Zeit, dass ich, »eine Araberin, wie sie sie lieben«, war, um es mit den treffenden Worten meines Freundes Olivier Guez zu sagen. Eine Araberin, die Schweinefleisch isst, Alkohol trinkt, eine emanzipierte, nicht unheimliche Frau, mehr noch als die Franzosen selbst von den Idealen des Laizismus und des Universalismus überzeugt. Ich war eine Nordafrikanerin mit krausen Haaren, dunklem Teint und einem seltsamen Vornamen, die Zola zitieren konnte und mit den Hollywoodfilmen der 50er Jahre groß geworden war. Ich sei wie sie, nur eine Spur exotischer, ließen sie mich gerne wissen. Man fragt mich weder, woher ich komme, noch, wo ich aufgewachsen bin. Man fragt mich nach meinem Ursprungsland, und manchmal antworte ich, dass ich, da ich weder ein Stück Fleisch noch eine Flasche Wein bin, kein Ursprungsland habe, sondern eine Nationalität, eine Geschichte, eine Kindheit. Niemals ganz von hier, nicht mehr ganz von dort, habe ich mich lange jeder Identität beraubt gefühlt. Auch wie eine Verräterin, weil es mir nie gelang, die Welt, in der ich lebte, vollständig anzunehmen. Es waren immer die anderen, die für mich entschieden, was ich war.

Seit ich an meinem Roman arbeite, habe ich viel über die Kolonialzeit gelesen. Jeden Tag vertiefe ich mich in diesen großen Stadtplan von Meknès aus dem Jahr 1952. Dort sieht man perfekt die Grenzen, die die Viertel voneinander trennen. »So wenig Vermischung wie möglich zwischen den beiden Ebenen der Städte«, sagte Marschall Lyautey (in *Paroles d'action*, zitiert von François Béguin). Hier herrschte eine Logik der Segregation vor, und meine Urgroßmutter fand es vollkommen normal, ja vernünftig, dass Juden, Muslime und Europäer miteinander zu tun hatten, ohne zusammenzuleben. Wie Berenice Abbott in New York, wie Etel Adnan in Beirut, träume ich davon, an den Mauern von Meknès die Zeichen dieser erschütternden Umwälzung zu finden, die

die koloniale Erfahrung bedeutete. Welche Spuren hat diese Epoche an den Orten ebenso wie in mir hinterlassen? »Der Mensch erinnert sich nicht an die Hand, die ihn geschlagen, den Schatten, der ihn erschreckt hat, als er ein Kind war; und doch bleiben die Hand und der Schatten bei ihm, für immer untrennbar von ihm, als Teil des Leids, das ihn antreibt, ganz gleich, wohin er zu fliehen glaubt«, schreibt James Baldwin in »Many thousands gone«.

Ich bin das Kind einer Generation mit verletzter Identität, der Generation meiner Eltern, die von Freiheit, Demokratie, Frauenemanzipation aus dem Mund derer erfuhr, die sie im Namen der Rasse und der Kolonialideologie unterdrückten. Die Kolonialmacht gibt jenen, die sie doch Einheimische nennt, zu verstehen: »Dieses Land gehört euch nicht.« Und die Einheimischen denken: »Ich lebe im Land der anderen. Ich bin in meiner Heimat wie ein blinder Passagier, in Gefahr, auf der Hut, wie diese junge, besorgte Frau in den Straßen von Sarajewo.«

Ich spreche diese Sprache, diese »Kriegsbeute«, die man meinen Vater gelehrt hat in einer Schule, in der er einer der wenigen Araber war. Wir sprachen zu Hause Französisch, und wir lebten nach Regeln, die nicht immer im Einklang mit denen draußen waren. Wie Etel Adnan habe ich die arabische Sprache zum Mythos erhoben, sie ist ein heimlicher Schmerz, eine Schmach, ein Manko. Ich träume davon, sie bis in die kleinsten Nuancen zu beherrschen, ihre Geheimnisse zu kennen. Als ich ein Kind war, lernten wir Arabisch in der Schule, und die Lehrerin verwendete einen großen Teil ihres Unterrichts darauf, uns den Koran beizubringen. Sie ließ nicht zu, dass man Fragen stellte, dass man eine Tatsache in Zweifel zog. Ihren pädagogischen Methoden verdanke ich vielleicht, dass ich an der arabischen Sprache gescheitert bin. Einmal sagte die Lehrerin, eine Frau mit Albinismus, die so enge Schuhe trug, dass ihre Füße bläulich anliefen, mit schriller Stimme: »Wer kein Moslem ist, kommt nicht ins Paradies. Alle Ungläubigen enden im Höllenfeuer.« Das hat mich sehr verstört. Ich weiß noch, dass mir Tränen in die Augen stiegen. Ich dachte an meine Großmutter, meine Tante, all unsere Freunde, die in Satans Klauen enden würden. Aber ich sagte nichts. Ich wagte es nicht, weil ich die Vehemenz dieser Frau kannte und schon begriffen hatte, dass man still sein musste. In dem Land, in dem ich lebte, brachte man uns bei, vor den größten Spinnern zu kuschen, keinen Aufstand zu machen, nichts zu riskieren. Wenn der Konservativismus zunimmt, der Fanatismus sein Netz in einer Gesellschaft spinnt, dann lügt man die ganze Zeit. Sag bloß nicht, dass sie ein Paar sind, sprich nicht über seine Homosexualität, verrate niemandem, dass er den Ramadan nicht einhält, verstecke die Alkoholflaschen und wirf sie nachts weg, ein paar Kilometer von deiner Wohnung entfernt, sorgfältig in schwarze Müllsäcke gepackt. Man fürchtet die Kinder, die die schlechte Angewohnheit haben, die Wahrheit zu sagen, und meine Eltern haben Stunden damit zugebracht, mir zu erklären, dass ich mich zurückhalten müsse. Ich hasste das. Ich hasste meine Feigheit, meine Unterwerfung unter ihre Wahrheit. Rushdie hat mich gelehrt, dass man nicht schreiben kann, ohne die Möglichkeit in Kauf zu nehmen, einen Verrat zu begehen, ohne diese Wahrheiten auszusprechen, die man seit der Kindheit verbirgt.

Die Kolonialherrschaft, das habe ich begriffen, formt nicht bloß den Geist, sondern auch den Körper, den sie unterdrückt und einsperrt. Wer beherrscht wird, wagt nicht, sich zu bewegen, zu rebellieren, an die Decke zu gehen oder auch nur hinaus aus seinem Viertel, sich zu äußern. »Das Erste, was der Ureinwohner lernt«, schreibt Frantz Fanon in *Die Verdammten dieser Erde,* »ist, an seinem Platz zu bleiben, die Grenzen nicht zu übertreten; deswegen geht es in den Träumen der Ureinwohner um Muskeln, um Aktion, um Aggression. Ich träume, dass ich springe, schwimme, renne, klettere. Ich träume, dass ich in lautes Gelächter ausbreche, dass ich mit einem Schritt über einen Fluss hinübersetze, dass eine Horde Autos mich verfolgt, die mich niemals einholt. Während der Kolonisierung hört der Kolonisierte nie auf, sich zwischen neun Uhr abends und sechs Uhr morgens zu befreien.« Dazu dient es also, das Territorium der Nacht? Durchs Fenster betrachte ich die Fassaden der Palazzi, die vertäuten Boote, in der Ferne sehe ich ein violettes Licht blinken. Wenn die Nacht gefährlich ist, dann deshalb, weil sie den Unterjochten Rachegedanken eingibt, den Gefangenen Fluchtfantasien, den unterdrückten

Frauen Mordpläne. Zwischen neun Uhr abends und sechs Uhr morgens träumt man davon, sich neu zu erfinden, man hat keine Angst mehr, Verrat zu üben oder die Wahrheit zu sagen, man glaubt, unsere Handlungen blieben ohne Konsequenz. Man stellt sich vor, dass alles erlaubt ist, Irrtümer vergessen, Fehler verziehen werden. Die Nacht, Territorium des sich Neu-Erfindens, der geflüsterten Gebete, der erotischen Leidenschaften. Die Nacht, ein Ort, an dem den Utopien der Duft des Möglichen anhaftet, wir den Zwängen des Realen und des Trivialen scheinbar nicht mehr unterliegen. Die Nacht, Gefilde der Träume, wo man entdeckt, dass man tief in seinem Herzen eine Vielzahl an Stimmen und unendlich viele Welten birgt. »Ich erkläre die Nacht für wahrhaftiger als der Tag«, schreibt Senghor in *Éthiopiques*.

Ich lege mich auf das Feldbett. Ich schließe die Augen. Ich höre das Geräusch des Wassers, das an die Kaimauern klatscht. Das ist es, sage ich mir im Halbschlaf. Das ist es, was dein Vater dir geraten hätte, wenn du ihm zugehört hättest: »Brich aus! Fliehe aus diesem Gefängnis, zu dem du dich selbst verurteilt hast. Geh die Welt erobern.« Um mich herum rührt sich nichts, und ich beginne, sie zu hassen, diese reglosen und stummen Objekte. Diese Gemälde, diese Bildschirme, diese Vitrinen, diese Marmorbrocken irritieren mich und machen mir Angst.

In den letzten Monaten war ich immerzu auf Reisen. Ich habe in Bahnhöfen und auf Flughäfen gewartet. Habe Dutzende Metalldetektoren passiert, Grenzen überquert, Polizisten verschiedener Nationalitäten meinen Pass ausgehändigt. Manchmal war ich so müde und verwirrt, dass ich, wenn ich in einem Hotelzimmer aufwachte, überhaupt nicht mehr wusste, in welchem Land ich mich gerade befand. Einmal, in Mexiko, klopfte es morgens an meiner Tür. Ich habe aufgemacht und noch ganz benebelt auf Arabisch mit dem Zimmermädchen gesprochen, das vor mir stand. Diese Reisen, die meine Arbeit als Schriftstellerin mit sich bringt, sind keine Abenteuer oder Entdeckungstouren. Es sind Reisen ohne Bewegungsfreiheit, in geschlossenen Räumen, da man meistens von einem Bahnhof in ein Hotel, von einem Hotel zu einem Veranstaltungsort und dann wieder an einen Bahnsteig gebracht wird.

Meinen Lektor beunruhigte diese Reisewut. Er schrieb mir: »Deine Manie, ständig unterwegs zu sein, hat etwas Beängstigendes, als bestünde der einzige Zweck Deines Daseins von nun an darin, die Seiten deines Passes mit Stempeln zu füllen und dich der ganzen Welt zu präsentieren.« Ich weiß nicht wirklich, was mich zu diesen unablässigen Reisen, dieser Flucht trieb. Ich würde gerne einen Ort bewohnen können, mit der Welt, die mich umgibt, eins werden, mich an den Elementen und der Natur erfreuen, wie Camus es so wunderbar in *Hochzeit des Lichts* beschreibt, oder wie Alexis Sorbas, die Romanfigur von Nikos Kazantzakis, der für mich ein unerreichbares Ideal darstellt. Sorbas, dieser verführerische Koloss und Genießer, dieser »Kapitän mit den vierzig Wunden«, der nichts und niemanden fürchtet und dessen Freiheitsliebe den Erzähler des Romans so sehr beeindruckt. In seinen Adern fließt die Ägäis, sein Körper scheint aus demselben Fels gemacht wie sein Heimatland. »Ich hörte Sorbas zu und fühlte die Jungfräulichkeit der Welt sich erneuern. Alles Alltägliche und Verblasste nahm seinen alten Glanz wieder an wie damals, als es von Gott geschaffen wurde. Das Wasser, die Frau, der Stern, das Brot kehrten zu ihrer ursprünglichen rätselhaften Quelle zurück.«

Es mag paradox klingen, doch mir scheint, man kann einen Ort nur bewohnen, wenn man die Möglichkeit hat, ihn zu verlassen, von ihm fortzugehen. Bewohnen ist das Gegenteil von eingesperrt sein, von erzwungener Immobilität, von Untätigkeit. »Wenn du den Ort, an dem du bist, nicht verlassen kannst, dann gehörst du zu den Schwachen«, schreibt Fatima Mernissi. Als sie diesen Satz schrieb, dachte sie gewiss an die in den Harems eingesperrten Frauen, aber auch, da bin ich mir sicher, an diese jungen Marokkaner, die auf den Hügeln Tangers oder an den Ufern des Atlantiks von einem Anderswo träumen und bereit sind zu sterben, um dort hinzugelangen. Beherrscht zu werden, zu den Schwachen zu gehören bedeutet, zur Immobilität verdammt zu sein. Nicht aus seinem Viertel, aus seiner sozialen Lage, seinem Land herauszukönnen. Während meiner Kindheit sah ich jeden Morgen die langen Schlangen vor den Konsulaten von Spanien, Frankreich, Kanada. In den 1990er Jahren verstärkte sich das Phänomen der *harraga*, der

Migranten, die ihre Papiere verbrennen. Jeder wollte ein Visum. Europa wurde zum ebenso verhassten wie wahnsinnig begehrten Territorium. Die Dachterrassen aller Städte wimmelten nur so von Satellitenschüsseln, Auswegen in eine unerreichbare Welt, die man sich im Fernsehen ansah und die einen vor Neid erzittern ließ. Die marokkanische Künstlerin Yto Barrada, die lange in Tanger gelebt und gearbeitet hat, nennt das »die Sehnsucht nach dem Westen«. Seitdem lässt mir diese grundlegende Ungerechtigkeit keine Ruhe: Millionen von Menschen sind dazu verdammt, nicht aus ihrer Heimat herauszukönnen. Man verwehrt ihnen zu reisen, hindert sie daran, sperrt sie ein. So gliedert sich unsere heutige Welt: nach dem Zugang zu Mobilität und Verkehrsmitteln, der ungleich verteilt ist.

Mein Freund, der Schriftsteller Abdellah Taïa, ist in der Arbeiterstadt Salé geboren, die nur durch den Fluss Bou-Regreg von Rabat getrennt ist. Das bürgerliche Rabat blickt verächtlich auf seine dicht bevölkerte Zwillingsschwester herab, und die Grenze zwischen den beiden Städten ist nicht leicht zu überwinden. Abdellah stammt aus einem armen Viertel von Salé und beschloss mit achtzehn Jahren, obwohl viele ihm davon abrieten, in Rabat Literatur zu studieren. Man sagte ihm, ein Kind armer Leute solle seine Zeit nicht auf den Bänken einer Universität vergeuden. Er solle bleiben, wo er hingehöre. Nicht versuchen, da herauszukommen. »Jeden Tag musste ich mit dem Bus von meinem Viertel zur Uni fahren, was ungefähr eine halbe Stunde dauerte. Es war nicht besonders weit, und trotzdem verlangte diese Fahrt mit dem Bus meiner Mutter unglaubliche Opfer ab. Von 1992 bis 1998 hat sie es irgendwie geschafft, die zwölf Dirhams zusammenzubringen, die ich jeden Tag brauchte, um mich fortzubewegen. Ohne meine Mutter, ohne diese Busfahrt, hätte ich mich nicht aus meinem Milieu befreien, meinem Schicksal entkommen können«, hat er mir einmal erzählt. Wir sagten uns, wenn wir nicht Schriftsteller geworden wären, wenn wir nicht ausgewandert wären, hätten wir uns ganz bestimmt niemals kennengelernt. Wir hätten in zwei benachbarten Städten gelebt, wären uns vielleicht einmal auf der Straße, an einem Strand begegnet, doch es ist äußerst unwahrscheinlich, dass wir uns je angefreundet hätten. Um frei zu werden, um wir selbst zu werden, musste sich jeder von uns von den Ufern dieses Flusses losreißen. Ein Anderswo finden, an dem wir uns neu erfinden konnten.

»Verzeihung, *signorina,* entschuldigen Sie, aber Sie müssen aufstehen.«

Ich spüre eine Hand an meiner Schulter. Ich höre eine Männerstimme, die auf Italienisch mit mir spricht. Ich öffne die Augen. Ein Gesicht beugt sich über mich. Ich erschrecke so sehr, dass ich aus meinem Feldbett falle und mir den Kopf am Boden stoße. Besorgt fragt der Mann, ob ich mir wehgetan habe, ob er Hilfe holen soll. Ich winke ab, stehe auf, klopfe mein Kleid sauber und tue so, als wäre alles in Ordnung. Ich habe eine Beule an der Stirn und schäme mich zu Tode vor diesem freundlichen Unbekannten, der sich ganz bestimmt das Lachen verkneift, um mich nicht zu kränken.

Ich begreife, dass er kein Wärter ist, sondern diesen Raum putzen muss, bevor die ersten Besucher kommen. Jetzt ist es Tag, und die Nacht, die ich gerade durchgemacht habe, erscheint mir vollkommen irreal. Das Leben geht weiter, fern von meinen Hirngespinsten, und dieser Mann beginnt seinen Arbeitstag. Ich fahre mir durch die struppigen Haare. Ich gebe ihm zu verstehen, dass ich sofort verschwinde, dass ich mich beeile, dass es mir leidtut und ich gleich weg bin, dass ich ihn nicht länger stören werde. Ich weiß nicht mehr, wo ich meine Schuhe gelassen habe, und renne barfuß durch das menschenleere Museum. Ich habe das Gefühl, dass die Kunstwerke, mit denen ich mich heute Nacht unterhalten habe, zu Fremden geworden sind. Sie haben sich in sich selbst zurückgezogen, schenken mir keinerlei Beachtung, tun, als würden wir uns nicht kennen. Ich schnappe mir meine Schuhe am Fuß eines Terrariums, dem nun endlich der Duft des Nachtjasmins entströmt. Der Geruch begleitet mich, während ich zu der Tür gehe, durch die ich gestern hereingekommen bin. Ich öffne sie, und in dem Moment, in dem ich über die Schwelle trete, drängt sich mir eine Frage auf: War diese Tür die ganze Zeit nicht verschlossen? Hätte ich, wenn ich gewollt hätte, mitten in der Nacht entfliehen können? Hätte ich ausbrechen können?

Ich habe das Museum so überstürzt verlassen, dass ich keine Ahnung habe, wie spät es ist. Der Morgen ist gerade erst angebrochen. Die Stadt ist blau und menschenleer. Kein Geräusch. Kein Spaziergänger, bis auf die Silhouette dort hinten, die rennt und schon verschwunden ist. Ich gehe an der Basilica della Salute vorbei, überquere eine kleine Holzbrücke. Niemand ist da, also drücke ich mein Gesicht zwischen die Stäbe eines Gittertors und versuche, in den Garten dahinter zu spähen. Über die Mauer hängen Palmwedel und eine blühende Glycine wie in den Gärten von Rabat. Das Haus steht, glaube ich, leer.

Auf einem Platz öffnet ein Mann sein Café. Er stellt Tische auf die Terrasse, er beobachtet mich. Mein Kleid ist zerknittert, meine Haare verstrubbelt, und die Schminke ist mir über die Wangen gelaufen. Ich sehe aus wie eine Frau, die nicht geschlafen hat. Was für eine Geschichte erzählt er sich? Die einer abgewiesenen Geliebten, einer untreuen Frau, die bei Tagesanbruch die Wohnung eines Liebhabers verlassen hat? Mit sechzehn, bei meinen nächtlichen Touren, kam es oft vor, dass wir tanzten, bis es hell wurde. Wir waren noch ein bisschen betrunken, und das Licht überraschte uns. Die Morgendämmerung war zugleich eine Erleichterung – ich hatte überlebt – und ein Moment voller Melancholie. Sie hob den Zauber auf, und ich bemerkte nun die Blässe meiner Freunde, mit denen ich gefeiert hatte, ihren fahlen Teint, die von der Übelkeit verzerrten Münder.

»Komm, setz dich«, bedeutet mir der Kellner mit einem Nicken. Ich lasse mich an einem der Tische nieder. Ich bestelle einen starken Espresso und zünde eine Zigarette an. Der Platz ist leer. Niemand lehnt am Springbrunnen. Keine Touristengruppe, deren Führer ein buntes Fähnchen oder einen Schirm hochhält. Ganz langsam beginnt ein Ballett. Fensterläden werden geöffnet. Eine Frau tritt aus einem Haus, ihr Kind auf dem Arm. Gestalten überqueren den Platz, und als mein zweiter Espresso heiß und schwarz auf den Tisch kommt, geht das Leben schon wieder seinen gewohnten Gang.

Bald muss ich in meine Höhle zurückkehren, meinen Platz hinter dem Schreibtisch wieder einnehmen. Muss mich den anderen gegenüber ebenso reglos und gleichgültig geben wie die Dinge, die mir heute Nacht Gesellschaft geleistet haben. Meine Figuren erwarten mich, ich werde sie aus der Versenkung holen, ihre Geheimnisse ans Licht bringen. Ich werde Geistern Leben einhauchen. Denn die Literatur kennt, wie die Kunst, die Zeit des täglichen Lebens nicht. Sie pfeift auf die Grenzen zwischen Vergangenheit und Gegenwart. Sie beschwört die Zukunft herauf, schickt uns zurück in die lichten Wälder der Kindheit. Die Vergangenheit ist nicht tot, wenn man schreibt.

Schreiben war für mich der Versuch einer Wiedergutmachung. Einer ganz persönlichen Wiedergutmachung, in Zusammenhang mit der Ungerechtigkeit, der mein Vater zum Opfer gefallen war. Ich wollte alles Unrecht wiedergutmachen: das gegen meine Familie, aber auch gegen mein Volk und mein Geschlecht. Wiedergutmachung auch für mein Gefühl, nirgendwo dazuzugehören, für niemanden zu sprechen, an einem Nicht-Ort zu leben. Ich dachte vielleicht, dass das Schreiben mir eine klare Identität verleihen würde, mir auf jeden Fall erlauben würde, mich selbst zu erfinden, mich unabhängig vom Blick der anderen zu definieren. Aber ich habe verstanden, dass diese Wunschvorstellung eine Illusion war. Schriftstellerin zu sein bedeutet für mich, ganz im Gegenteil, sich zu einem Leben am Rand der Gesellschaft zu verurteilen. Je länger ich schreibe, desto mehr fühle ich mich exkommuniziert, fremd. Ich schließe mich tage- und nächtelang ein, in dem Versuch, das Gefühl der Scham, des Unbehagens, der Einsamkeit in Worte zu fassen, das mich begleitet. Ich lebe auf einer Insel, nicht, um den anderen aus dem Weg zu gehen, sondern um sie zu betrachten und so meine Leidenschaft für sie zu stillen. Ich weiß nicht, ob schreiben mir das Leben gerettet hat. Ich misstraue solchen Formulierungen generell. Auch ohne Schriftstellerin zu sein, hätte ich überlebt. Aber ich bin nicht sicher, ob ich glücklich gewesen wäre.

Schreiben heißt, allein sein, aber …

Ich danke von Herzen meiner Lektorin und Freundin Alina Gurdiel, ohne die es dieses Buch nicht gäbe. Ihre Begeisterung und Leidenschaft haben die Organisation der verrückten Nacht in Venedig möglich gemacht. Und sie hat mich in den Wochen des Schreibens mit einem Wohlwollen und einer Liebenswürdigkeit begleitet, die ich in wundervoller Erinnerung habe. Ich danke Martin Béthenod dafür, dass er uns in der Punta della Dogana empfangen und seine Sicht von Venedig und der zeitgenössischen Kunst so großzügig mit mir geteilt hat. Ich danke auch Manuel Carcassonne für seinen scharfen und intelligenten Blick auf mein Manuskript und diese Liebe zur Literatur, die ihn beseelt und die wir beide teilen. Schließlich danke ich noch meinem Freund Jean-Baptiste Del Amo, der bereit war, in die Rolle des ersten Lesers zu schlüpfen, und dessen Anmerkungen mir sehr geholfen haben.